KB162237

성연 시인선 3

정광일
시집

작은 꿈들의 수다

도서
출판 성연

어쩌다 보니 뒤처진 것들이 있다.

못나서라기보다 때가 이르지 못해서라는 핑계를 대본다. '작은 꿈들의 수다'는 강산이 바뀌는 시간 속에서 늘 잠만 자고 있었다 기다림이란 그렇게 지루하고 고독하다는 것의 수사어가 아닐까? 많은 시간이 흐른 지금에야 그의 잠을 깨운다. 부스스 잠에서 깨어난 그에게 세월의 흔적이 역력하다. 자신은 젊은 날 잠이 들었으니 아직도 젊은 줄 알지만 흐르는 세월 속에서 잠을 잔다고 해도 늘어난 주름살을 어이하랴? 내 책임이 크기에 새삼 분 바르고 옷 갈아입히며 애써 젊다는 것을 강조해 보지만 내 메이크업 솜씨가 신통찮아서 대중에 선보이긴 부끄럽다.

하지만 이 습작 원고가 내 영혼을 먹고 자라서 나를 닮아있기에 외면할 수는 없는 일이다. 더 재워둔다면 내가 시를 쓰는 일이 좋은 시만을 고집하며 명예욕이나 얻으려는 위선자와 같다는 생각에 독자의 꾸지람을 감수하기로 했다. 또한, 뒤쪽에 대기하고 있는 많은 습작이 세상을 향해 발을 내디딜 수 있게 노둣돌을 놓아야 하는 이유도 있기 때문이다. 졸작이지만 예쁘게 봐주시고 꾸지람을 해주셨으면 하는 바람이다.

부산 동래구 명장동
백공 시의 산실에서

2부. 서시 2

3부. 서시 3

4부. 서시

5부. 서시

작품해설

삶의 현장에서 고단한 일상을 보내는 중에도, 아름다움을 소중히 간직하고 창조해내며, 사랑을 전파하는 정광일 시인의 작품 세계를 감상해 보았다. 그의 작품세계는 들에 핀 민들레 맛이 난다. 쓴맛도 나고 눈물 맛도 나는 게 묘한 오미五味의 맛이 난다.

　정광일 시인은 중년 때 작품들은 눈물의 바다로 표현할 수 있을 만큼 내면의 상처가 컸던 시인이지만, 노년으로 갈수록 작품에서 점점 숙성된 장맛처럼 중후한 이미지가 풍긴다. 이미 오래전 노동의 세월을 끝낸 은퇴한 노년의 여유로움이 묻어나면서 삶의 진국을 함께 느낄 수가 있다. 그의 작품에선 잔잔한 서정성이 묻어 나오는 가운데 강인한 생명력이 살아있음을 알 수 있다. 그의 삶도 민들레처럼 참으로 억척스럽게 살아온 날들이었지만, 그럼에도 그의 작품에선 결코 보드라운 심성을 잃지 않고 잔잔한 감동을 주는 내용들이 많다. 그의 숙성된 삶과 같이 잘 빚은 맛좋은 작품을 보면서, 앞으로도 희로애락喜怒哀樂을 다 경험한 하회탈처럼, 노년의 중후한 시 맛을 계속 기대해본다.

　　　― 〈날마다 새로워지는 탈아脫我의 세계와 에너지 충만〉
　　　　예시원(시인 · 문학평론가)의 작품해설 중에서

서시 1

서시 1

길고 긴 어둠, 고요와 적막,
그것들과 싸움은 지독한 외로움이다.
겹겹 싸고 있어도 움츠러드는 고독과 싸움
극단으로 치닫는 어리석은 충동에도
마음을 가다듬어야 하는 씨앗에게 겨울은 너무 혹독하다.
그래도 봄은 어김없이 찾아온다.
그것은 견디는 자만이 얻을 수 있는 행운인지도 모른다.
쭈~욱 꽃대 끝에 화~알~짝 펼치는 꽃잎
그 높은 곳에서도 바라보이는 거대한 장벽
삶의 장벽은 너무 다양한 형태로 진로를 방해한다.
시련이라는 장벽들은 한 번으로 그 성이 차지를 않나 보다
지금껏 자신에게 안겨다 준 시련은
예고편 같은 짧은 단막에 지나지 않을 뿐
겹겹 둘린 시련의 장벽은
스스로 열정을 위하기보다는 너로 인한 것이기에
더 고달프다는 것을 마침내 알고야 말았다
꽃은 운다, 하늘을 향해 운다.
내게 왜 이토록 시련을 안기느냐고
하지만 사람들은 말한다.
꽃이 활짝 웃는다고

꽃은 왜 웃어야만 할까

눈 속에 서럽게 핀 매화를 보며 사람들은 말한다.
'꽃이 웃고 있다'라고
왜, 웃는다고 말할까?

분명 울고 있는 매화를 향해
꽃이기 때문에 웃어야 한다면
너무나 잔인한 논리 아닌가!
화려한 가문의 태생이라는 이유만으로
울음도 웃음으로 인정받아야 한다면
꽃으로 태어난 그 자체만으로도 슬픔 아니냐

울고 싶을 때 울고, 웃고 싶을 때 웃는
못난 나보다도 더 슬픈 억제당하는 삶
강한 세상이 나약한 그에게 지운
웃어야 하는 것이 그의 삶이라면
그래서 반드시 웃어야 한다면
그건 가혹한 형벌이며 불공평한 삶이다

세상아, 정의를 외치는 세상아
아름다움을 보려는 눈이 있거든.
꽃잎이 왜 눈물을 흘려야 하는지 생각해 보는
따뜻한 가슴이 되어 보지 않으련

영혼이 짓밟힌 새는
노래하지 않는다

너는 없고
나만 있는 세상은 비대해진다.
자꾸만 비대해져 남을 짓밟는다.

그것이 나는 너를 밟고,
너는 나를 짓밟는 현상이다.

우리는 서로가 영혼을 짓밟힌 채 산다.
영혼이 자유로운 새는 아름다운 소리를 내지만
영혼을 짓밟힌 새는 노래하지 않는다.

다만 울음을 울뿐이다.
아파, 아파!

비 오는 날

추억을 짜 맞추기 좋은 날
또닥또닥
그대의 발소리 듣는 날

오랜 가뭄 끝에 만나는 단비로
가슴속 어둠이 말끔히 씻겨
환한 미소만 남았으면 좋겠어.

오늘은 비
내일은 맑음이었으면
그런 하루하루였으면 참 좋겠어.

그래야만
더 씻겨나갈 것 없는 앙상한 가슴이라도
내일이란 희망을 보듬을 수 있으니까

빈자리

싱싱한 젊은 날
갖은 고생 끝에 일궈낸 민들레 꽃씨

성장한 씨앗은
바람을 은혜恩惠하다
그를 따라 떠나가고

마침내,
터~엉 빈자리

동그마니 남은 꽃대만
바람에 외롭게 흔들리고 있다

생산자가 아닌 경영자가 되라

바다가 있기에 존재하는 사람
평생을 싸웠어도 만만찮은 그의 삶터

파도가 그렇고 바람이 그렇고
무한의 수확물이 지천으로 널렸어도
마음대로 할 수 없다
스스로 물고기가 되어 잡으려 해도
어떤 놈은 날고, 어떤 놈은 뛰고
뛰어난 은신술과 줄행랑에 속수무책
곧 잡힐 듯 조바심만 동동걸음이다.

그대여!
아직도 모르는가?
물고기가 되지 말고 어부가 돼라
그래서 고기를 잡는 건 그물이고
그대는 리더이기에 바다를 가꿔야 한다는 걸

그대가 진정 어부라면
물고기가 되려 하지 말고
바다를 들여다보는 진정한 경영자가 돼라.

환자 가족

하늘에 대고 너무 많은 걸 빌었나?
매일 바라보면 반갑게 웃던 하늘
오늘은 귀찮은지 장막 속으로 숨어버렸다.

장막에 스미어 떨어지는 눈물
무슨 사연일까?

사정이야 내 알 바는 아니지만
지금 눈 앞에 펼쳐진 참담한 현실에
아파서 우는 것보다
슬퍼서 우는 것보다
어쩔 줄 모르는 슬픔
아마도 하늘은 그런 심정일 것이다

내가 울어야 하는 그 이유로 인해….

* 09.10.6 암으로 투병하는 손아래 동서가 병원 치료를 거부하고
  요양지로 떠나던 날.

포구의 서정

이정표 하나 없는 바닷길
갈치낚시 떠나야 할 배는
엄습해오는 두려움에 몸을 떤다.

모두가 잠든 포구
거기, 함께 잠들어야 함에도
그깟 돈이 뭐기에
그것의 노예가 되어
생사를 점칠 수 없는 바다로 향한다.

자고 싶다고,
가기 싫다고 보채는
낚싯배의 아우성은 뒤로한 채
금전에 맞붙인 포구는 배를 떠밀어내고
낚싯배의 긴 꼬리는 포구를 붙잡고 늘어진다.

산통

봄비가 오면
새 생명이 탄생하지요.
자연이 겪는 산고 때문에
짜증스럽고 우울해집니다.

인간의 눈에도 비가 내립니다.
같은 물이라선지 고통스럽습니다.
사람의 삶도
산고의 고통을 겪고 있기 때문입니다.

기왕 겪는 산통이라면
각종 도전에 기적이 일어
함빡 웃을 수 있는
기쁨을 낳았으면 좋겠습니다.

휴가

어쩌다 들여다본 거울 속
초상화가 심하게 흔들릴 때
그때는 잠시 여유를 누려보자

몸부림친다고 고쳐질 인생 지도라면
삶의 그릇,
밑바닥이 없다고 누가 말하랴?

움켜쥐어야 할 것은
흔들림 없이 걸어가는 모습
쉼이라는 마개로 삶의 밑바닥을 막는 것이다

쓴 커피를 마셔야 하는 이유

그렇게 펄펄 끓던 열기도
무관심 앞에선 싸늘히 식었다.
또 다른 하나에 빼앗겨버린 마음을 읽은 것이다
하나도 매듭짓지 못하면서
문어발식 두뇌를 굴린 탓
뿌린 대로 거둔다는 진리를 떠올리는 시간
덕분에 내게 오는 건
넘칠 듯 찰랑대는 비릿한 냉소
토라진 채,
향기도 지워버린 입술에 입맞춤한다.

달콤한 사랑을 예상했으나
무관심으로 버려두었던 대가이리라
꿀떡꿀떡,
목을 넘는 커피가 독약처럼 쓴맛을 남긴다.

관광지라는 명분 앞에

만물의 모태, 늪
늪은 비궁秘宮을 열고
새 생명을 세상 밖으로 내보냈다.

우주와의 비밀스러운 사랑 행위
그로 인해 얻은 생명
고이 길러 내보낸 것이 화근이었을까?

무자비한 인간의 탐구력과 욕심은
갖은 명목으로 비궁秘宮을 허물고
어서 가자 바삐 가자

그는 초대하지 않았는데 몰려드는 인파
땅 꺼지는 한숨만 종일 뿜어내는 습지, 늪
거기서 우리는 생각해봐야 한다.

개발이라는 명분에 생태계를 파괴하는 인간의 이기심을

일편단심

벼랑 위 바위틈에 홀로 서서
넓은 바다,
거친 갯바람을 품에 안고도
붉게 피워내는 아름다움
수많은 눈길,
손길,
발길질 속에서 카멜레온이 되어도 좋으련만
자신을 변호하려 꾸미지도 않는구나!
하나를 사랑하고
그를 위해 정열을 불태우는 꽃
동백이여,
그 일편단심이여!
뭉텅,
떨어져 내려도 그 가슴은
식지 않은 열정으로 붉다.

도심의 비애

새싹을 키우고, 꽃을 피우고
누가 봐도 멋들어진 그가 슬프다.

꽃을 피우고 새싹을 키우면 뭐하나?
뿌리도 깊지 못하고 향기도 없어
벌도 없고, 나비도 없고
새들도 찾지 않은 도심의 가로수인 것을

거리의 분진에 폐병마저 의심되는 초라한 모습
아닌 척 버텨내는 창백한 아름다움
가로수라는 그 이름,
어쩌면 누군가에게 비친 내 모습인지도 모를….

* 시작 노트
　지하철 동래역에서 내려다본 거리의 가로수, 분진으로 찌들은 창백한 모
습, 하지만 질서 정연한 반듯한 모습이 도시의 틀에 갇혀 살면서 나름의
삶을 개척해가는 도시인들과 흡사한 모습이라 자신의 꿈을 접은 채 많은
사람과 어깨를 같이하고자 고통 따위는 뒷전으로 미뤄야 하는 도시민의
애환을 접목해 보았다.

희망

남루한 의복이 벗겨지고
핏기없는 뼈마디만 앙상하여도
실처럼 가느다란 공간
피 한 방울이라도 흘려보낼 수 있는
실핏줄이 확보되어
수액만 흘릴 수 있어도
나목은 웃을 수 있다
오늘의 고통 뒤에 다가올
약속된 내일을 기대할 수 있으니

자성*

우연히 얻은 화초의 씨앗이 좋아
기름진 밭에 뿌렸더니
바라던 새싹은 간데없고
잡초만 무성히 화초를 대신하네!

詩가 좋아
詩 밭에 뿌리를 내렸더니
구하려는 시어들은 제멋대로 자라
몹쓸 허영만 가지마다 풍년이네

제아무리 밭이 좋고
서정 가득한 시어가 지천이라도
가꾸고 거두려는 수고가 없다면

밭은 잡초를 키울 뿐이고
시어는 쌓아 올려도 무너져버리는
허허로운 모래성일 뿐인 것을

* 자성(自省): 스스로 깨친다.

한글

우리의 글이 탄생하여 선포된 이후
천년의 혼魂으로 이 땅 위에 존재하고 있다.

나랏님은 말씀하셨다.

만백성을 잘살게 하도록 태어났다 했다
문맹을 떨치고, 헐벗고 주린 가난을 타파하고
진정한 지혜로 어리석음을 고치라 했다
세계열강으로부터 조국을 지키는 척도가 되라 했다

세계화를 외치는 물결 속에서
꼬집히고, 헐뜯기고,
뒤틀린 채 형태가 변했어도
외고집 사랑으로 지켜온 우리 말, 우리 글.

세계 속의 영원한 빛으로 거듭날
찬란한 우리의 혼
깨치고, 가르치고, 널리 알려야 함은
이 땅을 지키는 우리 민족의 사명이다.

실체

바람은 같은 방향에서 불어와도
성격, 색깔, 모습과 맛,
태어난 곳도, 성장 과정도 다르답니다.

천의 얼굴, 만의 얼굴을 가졌지요.
이름도 갖가지이지만
우리는 통틀어 바람이라 하지요

우리의 생각은 어떨까요?
같은 방향을 보고 있지만
생각은 다르듯

같은 말이 태풍을 일으켜도
어떤 이는 쓰러지고,
어떤 이는 즐긴답니다

실체라는 것은 그런 것이지요
때와 장소에 따라
그 성격이 바뀔 수 있으니까요

해맞이

저 화려하고 장엄한 모습 앞에서
머리 숙여 무조건 복종을 맹세합니다.

당신의 분신이 삼백예순다섯 날
변함없는 얼굴로 하루를 열 듯

이 작은 생명의 분신들도
좌절 없는 꿋꿋한 모습으로
하루를 열었으면 좋겠습니다.

그들에게 세상 파고를 헤쳐나갈 지혜를 주십시오
지혜를 실천해 나갈 건실한 체력을 주십시오.
당신 앞에 무릎 꿇고 머릴 조아립니다.

은행나무 아래 향나무

가로변 은행나무 아래.
뿌리 뽑힌 채로 버려졌던
그 자리에 주인으로 서기까지

좁은 땅 내어준 담장 낮은 집이 고마운 그는
온갖 먼지와 자동차 소음에 온몸이 뒤틀렸어도
자라지 않는 키를 원망하거나 좌절하지 않았다

키 큰 나무에 햇빛을 착취당하고
배부른 나무의 찌꺼기로 배 채우지만
꿈을 버리지 않았기에

은행나무 화려한 잎 우수수지던 계절
쏟아지는 햇살을 온몸으로 안았다
이것도 팔자라며 푸르게, 푸르게 웃었다.

서시 2

서시 2

저기 푸르름이 있다
저기 설렘이 있다
그것을 바라보는 마음은 먼 미래를 향해 있다
미래지향이 아니라면 결코 내보일 수 없는 색채
하기에 푸르다는 것은 미래형이다.

꿈꾸고 도전하는 모든 것들 그것이 새싹이다.
어차피 주어진 생 앞에 망설일 수 없는 것
성장이란 말은 거침이 없이 앞으로 나아가라는
거부할 수 없는 특명 같은 것이다

그의 나아감에 방해물을 제거해야 하지만
늘 녹록지 않은 현실은 발길을 붙잡는다
새싹의 발 디딤은 가시밭길 위의 고통이다.

눈물도 한숨도 피 끓는 땀도 아낌없을 때
성장이라는 길에 들어서는 것
바라보는 시선들이여 무심히 꺾으려 들지 마오
새싹은 우리의 미래,
내가 나아가야 할 이정표이니까

동작

웅크렸다
손발이 다 언다.
추위는 이때다 싶어 온몸을 점령해 버렸다

춥다고 힘들다고 움직이지 않으면 동사한다.
움직이고 비벼대고 뛰면서 추위를 극복해 가듯
생각도 생각으로만 멈춰 선다면 미래는 없다

실천해라, 내일을 꿈꾸고 있다면 움직여라
몸과 마음이 정체됨 없이 항상 움직일 때라야
아름답고 복된 삶이 기약되는 것이다

행복한 미래는 움직임을 좋아한다.
부지런한 것을 사랑한다.
살아 움직이는 그 자체가 행복한 미래이기 때문이다

작은 꿈들의 수다

봄이 오는 거리에 서면 새싹들이 말하는 소리가 들린다.
꽃들의 대화가 들린다.
신나게 온 동네를 휘젓고 다니는 새싹들의 대화를 듣는다
작은 새싹들이 떠드는 소리는 생동하는 희망의 소리다

그들은 꿈을 꾸고 있다
그들에겐 아주 큰 꿈이지만
어른의 생각엔 아주 작고 단순한 꿈이다
엄마와 아빠 손잡고 놀이터 가는 일이나,
가게에 들어가서 맘에 드는 장난감 하나 얻는 것이다
너무 단순해서 아름답기까지 하다

수채화처럼 은은하게 번지는 그들만의 수다
요란하고 시끄러운듯하지만 정겹다
귀 기울여 들으면
별것도 아닌 일로 우스운 그들만의 대화
거짓 없고 꾸밈없어 가슴까지 맑아지는 그들의 수다

나이 든다는 것은 꿈마저 비우는 일일 것이다
하지만 작은 새싹들의 별것 아닌 꿈이 아니라
아주 구체적인 욕심으로 무장한 꿈이라서 끙끙댄다.
나이 들면서 소중한 웃음을 잃어가는 이유이리라

아주 작은 꿈들의 수다를 들을 때면 덩달아 즐겁다.
새싹의 길,
꽃들의 길에서 새로이 뛰어다니는 싱그러운 꿈들
널따란 운동장에서 꿈들의 대화가 피어나고
그것이 그들의 웃음이 되는 생의 봄날

새싹은 새싹대로 꽃들은 꽃들대로
옹기종기 모여 즐거운
그 작은 것들의 수다를 듣고 있으면
지금은 잃어버린
어린 날의 내 꿈들이 찾아와서 가슴 한편을 간지럽힌다.
킥킥,
나도 몰래 웃음이 난다.

봄이 오는 소리
—동문회 축시—

잠을 깰 줄 모르는 대호大虎는
한낱 강아지에게도 수모를 당해야 했으니
그대여 아십니까! 어둡고 두려운 밤
이십 프로의 두뇌 집단은 지식이란 촛불을
꼭 움켜쥔 채 호의호식하며
팔십 프로의 백성을 노략질하고
종말엔 조국마저 외세에 내줘야 했다는 걸.

깊은 어둠 속에서도 봄이 오는 소리가 있었습니다.
"우리는 배워야 합니다."
"무지를 탈피해야만 우리가 살아날 수 있습니다"
선구자들은 문맹 탈피를 위해 떨치고 일어섰으니
깨우침의 불빛이 동토凍土를 밝히기 시작한
우리 교육의 백년사
그 대열에 우리의 모교도 함께 서 있으니
자랑스럽게도 사립 희양학교를 모태로
일백 년 근간根幹을 이루고 있습니다.

일세기의 족적이 이만 이천을 헤아리는
조국의 동량棟樑을 배출했으니
자주自主와 자립自立 자위自衛의
기틀을 세우는 데 일조를 했음입니다.

임들이시여! 들리시나요.
천년 고을,
해님의 날개 살포시 내려앉은 양지바른 땅, 광양
포근히 감싸 안은 산과 들 가득히
봄 아이들의 속삭이는 생명의 소리가 들려옵니다.

대지가 푸르른 기상으로 새 생명을 탄생시키듯
모교가 육성育成하는 저 아이들의 웃음소리는
분명 조국에 풍요의 봄이 오는 소리입니다.

동문이라는 이름으로 모교를 빛내고 지켜낼 때
그 웃음소리는 영원히 대물림될 것입니다
하여, 오늘의 만남을 기뻐하고 경축합니다.

봄이 오는 운동장 옛, 뛰놀던 아련한 추억들의 손짓
찾아가 하나 되어 뒹구는 오늘이 되소서
모교여! 꺼지지 않는 지식의 횃불로 이 땅을 밝혀
세세연년世世連年 봄 오는 소리로 가득하기를
동문이여!
그 이름에 무궁한 번영과 영광 함께 하기를 소망합니다

태동

그들은 강했다.

생명체를 거부하는 냉혈 흙바람
피할 곳 찾아 나선 땅속
거기도 예외일 수 없다
서릿발이 날카로운 창끝이 되고
도검이 되어 검기를 발산한다.

죽은 듯 숨죽인 채 엎디어있는
작은 생명의 가느다란 맥박 소리
갇힌 공간 속의 긴장
간간이 들려오는 시간의 심장 소리만
동토에도 미래가 있음을 알린다.

음과 양은 돌고 돌며 서로 상생한다고 하던가!
신비한 생명의 세계
아!
자연의 조화로 태동한 새 생명
그들은 끝까지 굴복하지 않았다

파도

풀어헤친 머리
바람에 너울대는 검은 빛 너머로
얼핏 귀밑머리 들썩일 땐
하얗게 드러나는 머릿결

어느 몹쓸
삶의 뒷바라지에 그리도 저물었는가?

어쩌다가 근심 없는 날
그 빛남은 보기에도 편안한데
쉬어선 안 된단다
움직여야 한단다

그래야 품 안의 삶들이 존재한다고
오늘도 바다는
출렁임으로 시작과 끝을 만든다.

詩 밭을 일구는 이유

오라 하지는 않았지만
이끌림에 들어선 대지는
향연만 있는 것은 아니더이다.

물에 쓸리고 바람에 꺾이고
가뭄에 시달리고 추위에 좌절하며
한숨으로 일관하지만

기왕에 들어온 땅에
씨 뿌림 끝나지 않음은
나를 위한 거룩한 투자인 것을

생계엔 아무 쓸모 없지만
여백의 곳곳에 씨를 뿌려봅니다
약초이든 독초이든
우선은 잘 자라기를 비는 농군의 심정으로

또 하나의 이별

아득한 어둠 속
몽돌의 노래 가득한 해변
파도가 몰려오는 밤바다를 향해
먹잇감 노리듯 길게 뻗은 시인의 황새목

만남을 반기며 달려온 인어가
하얀 손 내밀다 수줍은 듯 달아나고
까르륵까르륵
해변은 웃음이 널린다.

길 카페서 나눠 든 정겨운 이야기는
몽돌의 노래 따라 먼 밤바다로 향하고
시인의 시심에 장난기 동한 바다
물 한 동이 철썩, 퍼붓고 달아난다.

돌아다 보이는 바다, 눈빛 애절한데
일상의 나를 찾아 흔들어야 하는 이별의 손 그림자
아쉬워라, 아쉬워라.
만남 뒤에 언제나 그랬던 것처럼
또 하나의 이별이 아쉽다.
참말로 참말로….

삼사 순례

만물의 영장임을 자처하면서도
나약하기 짝이 없는 심사
산사마다 법당에 불을 켜고
향을 사르며 자아自我를 다듬는다
서로의 행복을 위하고 사랑을 빌며
거쳐 가는 불탑마다 손때가 어지럽고
지나치는 불상마다 손도장이 선명하다.

구 불 텅 길 돌아드는 목마다
쌓인 정성은 거대한 돌탑을 이루고
여기도 저기도 말없이 남겨진 흔적들
너를 기억한다고.
나를 기억하라고.
바위엔 천만년 소원의 흔적들로 빼곡하다.

수많은 이상의 간절한 바람
눈물로 두드리는 하늘 문
굳게 닫힌 문 오늘은 열리려나?
나약한 나의 작은 힘을 보탠다.

회진 포구의 여인

자생自生을 거부하는
팍팍한 짠 바람에 결연決然히 맞서
질곡의 세월을 노랫가락에 담고
질퍽거리는 갯벌에 뿌리를 내렸다.

떠돌이로 살든지 토박이로 살든지
너나 나나 살아있다는 것 외에
별다를 것 없는 삶
부귀영화富貴榮華를 논하면 뭣하랴?

어느 시인은 말했지
'네 지금 앉은 그 자리가 꽃자리'라고
자그마한 이룸에 기뻐하고
어쩌다 마주한 인연에도 웃음을 나눠주는

정남진 장흥 회진 포구,
갯바람에 땀 절인 온몸 내맡기고
의연毅然히 서서 웃음 짓고 있는
바다의 여인 해당화 한 송이

* 이 글은 09/4/26일 장흥 회진 포구에 사는 문우 유정란 작가를 만나고 돌
  아와 그린 글이다.

먼 기억 속에서

까만 고무줄이 반원을 그리고
그것이 작은 우주를 그리면
그 속에 네가 뛰어들어 땅을 박차고
내가 뛰어들어 땅을 박차며
서로의 부족한 힘을 합쳐 승천하는 용이 되었었지

이를 시샘하여 뛰어드는 칼날
고무줄을 끊고 달아나는 뒤통수에 대고
욕을 바가지로 퍼부어도 악의가 없었던 시절이 있었지
잠간의 충돌로 원수가 되지만
돌아서면 더없이 다정했던 친구

때 묻지 않은 동심 속에서
하나하나 세상을 배웠었던 우리
함께 꾸었던 꿈을 위해 경쟁하며 오늘에 서 있기까지
만나면 웃음 주고,
부르면 달려오는 정이 아직도 남아있어.

결코, 버릴 수 없는 유년 시절
머~언 기억 속에서 다정한 친구가 웃고 있으니
노을빛 아래 서 있어도 외롭지 않다
그 인연들과 함께할 수 있는 지금, 이 행복한 시간에서는

초로

친구여 나는 보았네!
아침 햇살 영롱한 빛이
풀잎에 맺힌 모습을

잠시의 빛남 뒤로
사라져가는 허무
그것이 어찌 이슬뿐이랴
우리네 삶도 그런 것을

실망일랑 마시게나.
그제도, 어제도, 오늘도
이슬은 부활하고
찬란한 아침을 노래하지 않던가?

자신을 추스를 힘
강인한 생명력의 무장이 있다면
내일도, 모레도, 글피도, 언제고
그 영광은 아침을 여는 빛으로 거듭나리니

열차 안의 명상

움켜쥔 삶의 무게를 잠시 내려놓고
흔들리며, 흔들리며
멈춰진 가버린 날의 영상을 뒤적인다.

먼 시간 속
무심히 흘려보내야 했을
시간의 파편 짜 맞추기

훨훨 가벼워지자
바람 앞에서 자신을 제어할 수 없는
새 가슴 떨어져 나온 솜털처럼
훨훨 날아 달세계로 가서 놀자

다 왔다고
이제는 일어나라고
흔들어 깨우는 종착역 플랫폼까지

스스로 하는 위로

문학을 익히지도 않은 것이
선비들과 어울려 한솥밥 몇 번 뜨더니
어깨너머 익힌 풍월風月 무르익었는가?

알지 못할 글, 한 두자 끼적이곤
시詩라 한다.
이것이 시詩란다

한숨도 괴롭지만 어쩌겠는가?
어리석음이 가면을 쓰고 있으니
내 보기엔 분명 시詩인 것을

허~허!
명시名詩를 고집하다 하늘로 가신
선배 시인들이 욕은 않으려나 몰러

또 하나의 사랑법

언젠가 내가 힘들 때
직장에서 처음 그녀를 만나고
아주 소중한 사랑을 했습니다.

커피 한 잔을 타면서 그녀에게 말했죠.
이 세상에서 가장 아름다운 사랑은 짝사랑이라고
때론 변태적 사랑이라고 놀림을 받기도 하지만
나는 그런 사랑을 좋아한다고 말이죠.
그녀는 그냥 덤덤히 웃어주었지요.
왜 그런 말을 그녀에게 하였을까요?
내가 그녀를 사랑한다는 말은 누구에게도 하지 않았습니다.
그녀가 가끔 삶이 힘들다 할 때면 위로해 주고 싶어
누구나 사람으로 온 대가를 지급하는 것이라서 힘이 든다고
위로의 말 한마디 무심히 던질 뿐이었죠.
그녀가 건강한 모습으로 출근을 하면
그것은 나의 작은 기쁨이었어요
마음속 꼭꼭 숨겨둔 혼자만의 사랑
지극히 바보 같지만,
내가 살아가는 또 하나의 힘이었답니다.

개똥철학

꽉 쥐어라.
양손에 힘주어 힘껏 움켜쥐어라
비록 개똥 같은 인생이라도 끝끝내 놓지 마라
네게 하나밖에 없는 생
한 번쯤 쓰다듬고 격려도 해주려무나
어찌 아는가.
평생 가야 별 볼 일 없는 팔자라 해도
자기 일에 파묻혀 열심히 살다 보면
우연히 사놓은 썩어버린 희망의 씨앗이
새싹을 뽑아 올려 큰소리칠 날 있으려는지

그래서 하는 말이다
네 생은 위대하다.
꽉 움켜쥐어라.
하나밖에 없는 생이라는 그것 말이다

친구 사귀기

옛 임이 말씀하셨네.
"하루가 즐거워지려면 사악한 자를 친구로 사귀어라.
그는 당신의 환심을 사기 위해 최선을 다할 것이다"
라고 했네.
또 말씀하시길
"한 달이 즐거워지려면 부자를 친구로 두라.
그 친구는 자신의 능력을 과시하기 위하여
갖가지 수단을 다 동원하리라"라고 했네.
또 말씀하시길
"평생을 즐거워할 친구를 사귀려면 글 벗을 사귀라
그는 영원한 마음을 줄 것이라고"도 했네.

나는 말하네
훌륭한 친구를 사귀려면 귀천 가리지 말고
진심으로 품을 나눌 줄 알아야 한다고.
선별적 사귐은 위선으로
독초 중에서도 독초인 것을
경험을 통해 알았던 까닭이네

독려

찬 바람 불고,
낙엽이 지고,
땅이 얼고,
짧아진 하루해가 기온의 하강을 독려하지만
나무엔 따뜻이 감싸주는 햇볕이 있습니다

웅크리며 외면하는 나태함보다
뭉클하게 찾아올 봄소식을 기대하며
그를 위한 분주함을 선택했기에
마른 가지는 휘파람을 부는 여유로움도 있습니다

빛이 있습니다.
긍정적 사고로 사는 모든 이의 가슴엔
희망이라는 빛이,
목표를 설정하고 나아가는 삶엔
미래라는 행운의 빛이 있습니다.

그런 까닭에
주저하는 것은 영원한 패자의 몫입니다.
힘을 내서 일어나십시오.
그리고 나아가십시오. 미래의 내게

행진

반쯤 열린 문을 선보이며
세상은 우리를 초대했습니다
무엇을 준비하고 기다리는지
아는 이 아무도 없습니다

문을 활짝 열고 맞이하면 더 좋으련만
자신의 지혜를 동원하라는 가르침인 듯
통과하는 사람들은 여러 부류입니다
좁은 틈새를 이용하는 사람
꼭 열고 말겠다며 힘을 기르는 사람
나는 안 돼 포기해 버리는 사람

궁금해서 내디딘 돌이킬 수 없는 발걸음 두렵습니다.
하지만 계속 가보자고요.
언젠가는 해답을 얻어내겠죠.

그 끝에는 궁금해하던 것 보다
더 빤한 해답이 너무도 싱겁게 우리를 기다릴지도 몰라요
하지만 변화를 바란다면 걸음을 멈출 수 없겠지요
가보자고요. 끝까지

함양 상림공원에 발길 머물고

'네 뭐 하러 예 왔느냐?'
천년 이어온 혼의 속삭임
깊은 뜻 잠들어있는 함양 상림공원
조상의 지혜, 유비무환을 배우라 하는
끌림을 외면 못 해 찾아온 이곳

무어라 말할 수 없는
이 땅에 머문 인고의 세월
상-림 숲, 곳곳 툭툭 불거진 핏줄
가까스로 이어온 맥박
생과 사의 계보를 이어온 꿋꿋한 성장의 발 내림들

모진 세월 버텨온 너의 정신이 있기에
질펀한 삶의 영혼이 쉼터를 찾아 숨 고르기를 해본다.
교훈을 얻기 위함도, 단순 관광도 아닌
일정에 얽매여 잠시 머물다가는 객이지만
이후의 천년을 성장할 내 시심 한그루 식목해본다.

너와 나 하나 되기

오뉴월. 작열하는 태양보다 더 빛나는
아무도 거역 못 할 절대자의 일성—聲

천하를 휩쓸던 패기도
뭉치지 않으면 쓰레기인 것이라고
뭉쳐야 산다고 가르치고 있다

서로를 인정하고 포용하며
화합과 사랑으로 잇고
말로만이 아닌 실천을 하라며
쇠를 녹이는 사랑의 불꽃

서로를 연결하느라
오늘도 쉴 새 없다
너와, 나와, 오늘과 내일을

아침 등산

야~호!
새벽의 신비를 허물고
양팔 벌려 산을 훔친다.

정상엔 붉은 여의주 하나,

바람처럼 구름처럼 솟구치며
도둑들이 모여든다.

아침 산을 훔친 건 시인만이 아니다.
사랑하기에 산을 훔치는 사람들이 많다.

아침 이슬

바람둥이 하늘과
만물의 모태인 대지와
간밤의 만남이 예사롭지 않았다

아무 일 아니라는 듯
시치미 뚝 떼고는 있지만
뭔가 눈치를 챈 듯한
내 눈 흘김에 흠칫
놀란 하늘이 새파랗게 질리고

뒤이은 대지의 산통
풀잎에 감춰둔 비밀
또르륵
영롱한 빛 하나 탄생한다.

함께 웃자

쓰레기만 모여들던 빈터에
꽃씨를 뿌렸다.

나는 흙을 덮어주었고
너는 물을 뿌려주었지!

새싹이 솟아나고
꽃이 피고

다 자란 나무를 보며
우리는 함께 웃었다.

봄

얼마나 좋으냐.
얼마나 반가우냐.
때 되면 어김없이 찾아와서
비릿한 젊음 선보이는 너의 모습

화려한 꽃단장이 아니라도
싱그러움,
그 하나가 가져다주는
지극히 정겨운 너를 생각하면
언제나 설레고 마음이 부푼다.

산으로 들로
너를 만날 기대에 부풀어
잠시도 집에 머물지 못하는 방황의 발걸음
오늘도 길 나선다. 너를 찾아서

詩

아름다움이었다.

향기에 매료되어 꽃인가 하였더니
너무나 화려해서 무지갠가 하였더니

삶의 지혜로 다듬고 연출해낸
아름답게 솟아난 묵향인 것을

영혼을 썩힌 자리에 무형으로 피어 있는 꽃
거부할 수 없는 매력

시인이 뱉어놓은 무질서할 것 같은
언어言語의 향기

초록빛

위태로운 현실 속에서도
멈출 수 없는 농부의 손
땀과 눈물과 한숨과 수고로움에 감동하여
저 위대하고 거룩한 대지는
초록빛 심장을 꺼내주며 농심을 달랜다.

빛이 번진다.

농촌에도 농부에게도 퍼져가는 빛
편안한 고향의 빛
그는 마침내 고향 지킴이가 되었다

농촌을 지키는 힘
농부를 지키는 힘
고향의 미래를 지키는 힘

여유

어제의 아름답던 꽃나무도
이 겨울, 초라한 가지에 지나지 않지만
내일은 더 아름다워질 수 있기에
동짓달 찬바람에도 여유롭다.

사 삭 사 삭,
사그락사그락

헐벗은 가지의 춤사위가
휘적휘적
하늘에 꿈을 그려 넣는다

이른 봄소식

간밤 꿈결 뒤척임이 요란했던지
양지쪽에 자리 잡은 햇살이
꾸벅꾸벅 졸고 있다

위력을 떨치던 동장군의 주검
그 영향력은 아직도 서슬 퍼런데

전령사 일지매가 전하는
인터넷 소식은
연일 봄의 입성을 알린다.

기억 저편의 초여름

붉은 장미의 유혹에 빠진 꿀벌의 공격
아까시나무가 하얀 백기를 내걸고
로열젤리 조공으로 바치던
오월국이 조용히 역사의 뒤편으로 사라질 즈음
초록빛 사파리로 무장한 녹색 나라 제왕은
보리 나라를 초토화하고
까칠까칠한 먼지 바람 속으로 농군을 투입한다.
전장 수습 완료.
한시름 놓은 농군 앞에 닥치는 시련
장마 나라의 기습으로
물텡이 보리*에 싹이 돋고
매상 날은 다가오고
잇따른 물난리에 논둑이 터지고 제방이 무너지고
농민의 가슴 시커멓게 타던 그해 초여름
대도시 큰 병원에 치료받는 게 소원이시던
가난한 집 힘없는 가장은 쓸쓸히 세상을 등지고
세상 물정 모르던 큰아들
두려운 가장의 짐 짊어지고 엽전사냥 나섰었지

* **물텡이 보리**: 수확하여 말리지 않은 수분이 많은 보리.

그 녀석이 왔다

봄이다!

사랑놀이에 취한 벌과 꽃
소곤대는 귀엣말이 소문을 물어 나르고
양지쪽에 퍼져 앉아 꾸벅꾸벅 졸고 있는
저 금빛 분명 봄볕이다.

뽀얗게 흙먼지 날리던 신작로 주변에
겨우내 숨죽이며 엎드려 살던
청보리의 어깨를 일으켜 세우며
동장군 압제에서 동토를 해방하는
저것,
저 눈부신 초록 제복 분명 봄빛이다.

절망을 극복하라!
반드시 돌아온다.
희망의 메시지 안겨주던 그 녀석이 왔다!
봄이다,

서시 3

서시 3

수많은 고난 속에서도
묵묵히 제 일에 최선을 다했으리라
저 활짝 피어난 꽃들을 보면
나는 꽃길을 걸으며 아름다움만 보았지!
아름다움을 선보이기까지
그가 겪었을 내면의 고통 따위는 보지 못했다
고통이란 누구나가 살아가는 동안에 똑같이 겪는
삶의 한 과정이라 생각한 때문이다

내 생의 어느 날
누구나가 겪는 삶에서 오는 고통도
그 급이 다르다는 것을 알았다.
어떤 이는 꽃길을 만드느라 온 힘을 다 쏟고
꽃이 필 때쯤 절뚝이며 고통을 호소하고
어떤 이는 활짝 핀 꽃을 쓸데없이 만지며 걷다가
벌에 쏘이고 가시에 찔리며 고통을 호소하고
길은 다 같은 꽃길 같지만. 그 길을 지나는 사람은 달랐다.

활짝 핀 꽃밭 앞에 서 있다
길을 만들며 지날 것인가?
곧게 나 있는 길을 갈 것인가?
생각은 깊어지고 서산은 황혼에 물들어 있다.

영남루에 올라

묵향이 세월을 다독이고 있는 영남루

하나의 목재가 지니는 힘을
낱낱의 힘으로 분산시키지 않고
서로서로 붙들게 하여 큰 힘을 이루는
선조의 목재를 다루는 지혜를 보았네!

반듯한 일등재목들이
서로 얼싸안고 자신의 위치를 지켰으니
모진 세월을 버텨오지 않았겠나?
나눔과 협력의 상생 구도를 갖추지 못했다면
어찌 6백여 년의 장구長久함이 주어졌을까?

보게나, 그 어떤 힘이 태산을 옮긴들
봐주는 이웃이 없으면 또 무슨 소용이겠는가
자랑스러운 오늘은 서로 협력한 대가 아닌가?

그렇듯 너 나를 따지지 말고
잘나고 못남을 따지지 말고 하나가 되세나
그러면 우리의 오늘이 어찌 만대를 잇지 않겠는가?

시인의 꽃

우리의 대화를 위해
비좁은 길 헤치며 다가와
닫힌 문을 열었던 너

내가 너를 안다고 세상에 소개했더니
세상은 내게 큰 행복을 안겨줬단다

목구멍만 챙기며 애써 밀쳐냈던
너로 인한 나의 변모
무심코 끌어안은 먼 옛날의 정분

내치지 않고 안겨준 네가 고마워
쓰다듬고 입 맞춰온 나날들이
죽어서도 잊지 못할 꽃으로 피었구나.

별들의 고향 천관산

책들이 나를 밀치며 떠나보란다.

정남진 장흥으로 문학기행 가보란다
땅이 낳아준 농심 때문인가?
모나지 않고 거칠지 않은 넉넉한 인심

천관산을 오르니 하늘이 거기 있다.
서로의 안녕과 영화를 빌며
행주에 날랐던 염원, 오백여 기의 돌탑
대덕 읍민의 정성, 닿은 곳 하늘인가?

천관 문학관에 별들이 모였으니
소망의 탑을 이루듯, 켜켜이 쌓인 장흥의 자부심
전국문인의 부러움이 오십여 시비에 모였으니
자랑스러운 문학의 특구가 아니던가.

장흥 문인 일백의 혼 빛나는 서고
고귀한 문장들이 별빛 되어 거니는 천관산
열람의 갈피마다 심연에 이는 파도
오호라, 장흥이여!

고향 지도

굳이 사랑한다고 말해야 하는가?
거룩한 대지의 따스한 호흡
새길수록 심오한 산천의 노래
미세혈관을 타고 구석구석 흘러들어
가녀린 몸에 사랑의 물길을 열었으니

나를 낳아 성장으로 이끌고
눈으로 보고 가슴으로 느끼며
정을 알고 뿌리를 알게 해준
진정 소중함이 무언지를 깨우쳐준 고향산천

타향으로 떠돌다 길잃은 객일지라도
쉼터 향해 펼쳐보는 고향의 지도
내 몸에 새겨져 사라지지 않음은
그가 나를 끝까지 버리지 않겠다는
무언의 다짐인 것을

붉은 동백

날마다 창을 여는 아침이면
뜨겁게 마주하는 그

화려하고 웅장한 그 모습을
설레는 가슴에 말없이 새기었다.

짝사랑,
고운 그리움 나날이 짙어져

빨갛게,
빨갛게 태양을 닮아있다.

동행

삶의 무게가 무겁습니다.

임은 거기서 들고,
나는 여기서 들어 가볍게 나눈 짐
마주 보는 눈엔 행복이 가득합니다.

삶이란 머나먼 길.
흙탕길, 자갈밭 길을 구불구불 걷더라도
서로 밀고 당기며 미소를 나누면
전혀 외롭지 않은 동행

꽃도 서로 보살피며 바라봐 줄 때 아름다운 것
혼자 바라보면 아름답다는 수식어는 사라지고
꽃은 하나의 풀꽃인 채로 나고 집니다

우리의 동행도 뭐 다를 게 있나요
서로 돕고 보살피며 살다 보면
정이란 놈이 아름답게 우릴 지켜줄 것입니다.

蘭

푸르고 곧은 자세
외골수적 사랑으로 뽑아 올린
단아한 한줄기 꽃대

보라!
권좌에 우뚝 선 위엄

꽃은 군왕의 위용을 닮고
잎은 도검 곧추세워 나라를 지키는
충신의 기상氣像처럼 푸르고 푸르러라

이른 봄의 서정

메마른 가지 꽃눈을 열고
일등을 노리고 겨우내 달려온 매화 한 송이
수줍게 꽃소식을 알린다.

그토록 염원한 일등이라지만
아무도 반겨주지 않는
오지奧地의 꽃 피움 아니더냐

애처롭게 꿀벌을 부르는
짠한 그 모습에
하늘은 종일 훌쩍이며 운다.

삶이란 것이 그런 거 아니냐
아무도 알아주지 않지만
꽃을 피웠다는 뿌듯함으로
식어버린 심장을 덥히며 사는 거다

삼월

설렘으로 삼월을 열면
창밖 가득히 내리는 봄 햇살

임인 듯, 그의 향기인 듯
품 안 가득 밀려드는 꽃내음
활짝 팔 벌려 바람을 끌어안고
연신 발하는 감탄사

혹독한 시련을 극복하면
반드시 좋은 날이 온다는 믿음의 삼월이다.

말라비틀어진 풀씨에 뿌리를 내리고
앙상한 나뭇가지에 새싹을 피우는 삼월

너도 쌍쌍, 나도 쌍쌍,
삼월은 환희다. 사랑이다.

봄날 시 한 편

섭씨 십오도
햇살이 대지를 질주한다.
바람이 나무를 안고 춤을 춘다.
수액이 관을 타고 계주를 시작한다.

온몸에 핏줄이 물길을 여는
이런 날, 이런 느낌
대지의 숨구멍에서 번져오는 신비의 입김
들썩들썩 땅속 이야기
나무는 부끄럽다.

벌거벗은 몸을 안고 춤추는
바람의 사랑 시
자꾸만 달아오른 가슴
빨갛게 물드는 봉오리에
배시시 웃음 짓는 입술이 붉다.

아름다운 행진

삶의 모진 행진으로 무릎뼈가 다 닳았다.
너덜너덜해진 삶의 노년
아직도 까마득한 가야 할 먼~길
핏빛 시선을 던지며
고통스러운 삶, 포기냐 전진이냐
기로岐路에 서서 망설이는 달팽이
지금까지 달려온 길 얼마이며
남은 길은 또 얼마인가?
생사 점칠 수 없는데 꼭 가야 하는가?
자문자답의 난투극
결론은 너무도 빤한 해답
숲을 찾아 숨이 붙어있는 한 가야 한다고
그것만이 살길이라고
폭염의 자갈밭에서
앞뒤 가릴 것 없는 하나의 선택
지구를 짊어진 듯 힘에 겨운
달팽이의 보폭이 아름다웠다.

포기 않는 삶, 그 끝에는
안락한 풀숲에 꿈틀대는 생명으로 남아있었으니

크다는 것

해님의 입맞춤이 부끄러운 민들레
심술 바람이 수줍은 얼굴을 할퀴는데도
그저 방긋 웃는 달관達觀의 모습에서
우주를 보았다.

영욕의 세월을 훨훨 바람에 날리고 서서
무엇을 생각하고 있음인가?
비어버린 꽃대

나는 보았다

허무한 사라짐이 아닌
작은 나를 산화시켜 큰 나로 거듭나려는
민들레의 거대한 몸부림을

고향

백운산이 부른다.
동천, 서천이 부른다.
도청 넓은 뜰에 친구의 웃음과
추억들이 아련히 손짓하는 그곳

옛 어른들의 따스한 웃음, 인자한 말씀,
구수한 옛 얘기가 손짓하며 부르던 그곳

아무리 험난한 삶이 나를 버려도
찾아가면 반겨줄
내 어린 시절이 머무는 곳

나그네 인생,
단절된 혈맥을 이어주는
마지막 쉼터 나의 고향산천

가을 숲에서

친구가 보고파서
천릿길 달려온 모교 교정
한가득 내리는 가을빛이 평화롭다.

친구야!
만나면 가슴 뛰는 친구야.

고작해야 일 년의 삶을 지켜낸
나뭇잎의 이야기가 저리도 아름다운데
지천명을 거니는 우리의 삶으로 숲을 꾸민다면
알록달록 멋스러움이 가을 숲에 견줄 건가?
한철 반짝이는 꽃에 비할 건가?

친구야!
오늘 우리는 텅 빈 두뇌에 지식을 접목해준
모교의 숲에 와있네
성목成木이 되어 곱게 물들어가는 서로를 보며
멋을 이야기하고 있네.
하나, 둘, 늘어가는
억새꽃 닮은 희끗희끗한 머리카락의 멋스러움과
이마와 눈가에 잔잔히 흘러갔던 세월 자국,

주변머리 비어 가지만
연륜이 묻어나는 넉넉한 웃음들
굳은살 박인 손 인사가 정겹기만 한 오늘
고운 웃음이 단풍보다 더 아름다운 친구야

반갑네! 정말 반가워
우리 서로 의지하며
더도, 덜도, 아닌 이만큼만 지켜나가세
우리와 함께 자란 우정의 숲을
서로의 건강을 지켜가며
언제 봐도 아름다운 단풍 숲으로 만들어 가세나

황소

터벅터벅
세월을 건너뛰는 여유로운 발소리

음~메에~
느릿느릿,
내면 깊은 데서 꺼내오는 평화의 노래

깊은 쌍꺼풀이 매혹적인
순하디. 순한 동그란 눈.

금빛 외투로 빛나는 몸
백 명은 족히 먹여 살릴 넉넉한 뚝심

다른 동물을 해하지 않고
지천의 풀만으로 생명을 이어가는
그래선지 멸종하지 않고 사랑받는
우리의 친구 황소

그 친구 같은 내가 되었으면 좋으련만
어찌 제 주둥이도 챙기지 못하고 나이만 들었는가?
황소의 평생 나이 세 배를 더 살았는데

겨울 산

벗었다
나를 벗었다

나를 보아라.
그토록 아끼던 품위까지도 모두 벗었다.

푸르게 부풀려졌던 명예도
황금 카펫으로 뒤덮였던 부귀와 권세도
과장된 망토 안에 감춰진 초라한 자존심을
미련도 후회도 없이 훌훌 벗었다.

왜 걸치고 있었을까?
아무짝에도 쓸모없는 겉치레들을
다 벗고 나니 저렇게 홀가분한 모습인걸

바위섬

흩어져 있으면
약한 실바람에도 흩날리는 먼지일 것이
강한 결속력 하나로
천만년 세월을 이겨내었으니
누구인들 찬양하지 않으리

옛 시인들의 입술 위에서
두뇌를 간질이며 놀고
화가들의 붓끝에서 춤추며 놀았으니

바위섬!
억만년을 이겨내는 바위섬이여!
내 어찌 너를 보며 찬양치 않으랴

육신 죽어서 사라진 자리에
너처럼 억만년을 이어 갈 시 한 편 못 남기고
부러움 속에만 묻어야 하는 삼류 시인인 것을

그곳에 친구가 산다

경기도 양평, 대보산 팔부능선쯤에
하산을 노래하는 계곡물 소리 즐기며
그림같이 서 있는 고랭지펜션 하나

고향 냇물에 내려앉은 별빛을 따먹으며
함께 꿈을 키웠던 내 친구가 산다.

산 아래 운해雲海에 낚시를 던져놓고
세월을 낚아 올리며 산다.

얼떨결에 찾아온 주름
맑은 산바람으로 다림질해가며
사랑스러운 아내와 꿈을 일구며 산다.

흔적

길 따라왔네. 천릿길 양평을

삿갓 하나에 달랑 필묵 하나
유랑流浪 걸식하며
일필휘지一筆揮之로 탐관貪官을 조롱하던
그 어른의 방랑벽에 전염됨도 아니요
팔자 좋아 여행길에 다녀감도 아니라네.

산수山水 수려秀麗하고 풍광風光 신비로운
대보산 품 안에 둥지 틀고 손짓하는
내 동무를 찾아왔을 뿐

풍경 좋은 이곳을 선택할 수 있었음은
어려운 환경 힘들게 지켜온 삶의 대가
영혼 고운 벗이기에 누릴 수 있는 복인가 하네.

내 눈이 이렇게 시원하고
호흡이 편하여 가슴 또한 시원하니
머나먼 여행이 피로하지 않네.

잠시 머물러 글 한 줄 남기니
그 또한 내 복인가 하네

별빛 내리는 밤

용문산자락 우뚝 밟고 선
대보산 가슴께에 자리한 쉼터
한 잔의 차를 들고
잔디밭 한편에 나무 의자를 찾았어요.

주변 풍경에 마음을 빼앗겼죠.
세상은 나를 위해 아름다움을 나눠주었어요.
계곡물 소리가 도심의 묵은 때를 씻어내라고
가만가만 가슴에 다가왔어요.

풀벌레 정겨운 소리도 뒤질세라
귓전에 다가와 속삭였지요
동편 산 위 맑은 달빛에 눈을 씻고
옛 동심으로 돌아가 별을 헤아려보라고
소꿉친구들과 함께하는 산골의 밤
별빛은 하얀 어둠 속으로 밤새 내려앉았어요.

옛날 어린 꿈 뛰놀던 기억 속 구석구석까지

두메실 아침 풍경

장엄한 생명의 소리에 귀가 열리고
무심결 이끌림에 잠자리를 벗어난다.

무대엔 불이 켜지고
하루가 무대에 오른다.

거룩한 대지의 잔잔한 호흡,
산마루에 머물러 신비감을 조성하는 안개
가만히 등장하는 태양을 찬양하는
생태계의 숨 막힐 듯 아름다운 합창

도시의 잡다한 소리 들을 다 물리친
함양 땅 깊숙이 두메실 약초 마을
고추, 가지, 옥수수가 방금 세수한 얼굴 닦지도 않고
똑똑 물을 떨구며 반긴다.

호박꽃 유혹에 걸려 꿀벌이 허우적댄다.
꿀에 취해 일제히 울려대는 팡파르
콧노래 흥얼거리며 걷는 홀가분한 산책
고향의 소리 머무는 산골의 아침이여!

아름다운 몸짓의 내면

꽃이 아름다운 이유는
스스로 모습에 만족하기 위함이 아닌
내보임으로 반사이익을 노리는 것이랍니다.

가수가 노래하는 것도,
무희가 춤을 추는 것도,
배우가 무대에 뼈를 묻는 것도,
어릿광대가 웃음을 파는 것도,
누군가에게 자신을 드러내기 위한 처절한 몸짓입니다

시인도 시詩로 노래하지만
홀로 즐기자고 노래하는 것은 결코 아니랍니다.
궁극에 다다라
자아를 널리 알리고픈 몸짓이기에
그 수고로운 노래는 별빛보다 아름답습니다.

아름다운 몸짓에는 새로움이 고통으로 와 안깁니다.
창작의 고통 말입니다
그 고통 속에는 항상 수고로운 피와 땀이 있습니다
별것 아닌 나를 감추고
번듯한 허수아비로 거듭나는 일
결국, 내보이기 위한······.

기분 좋은 날

한바탕 출근 전쟁을 치르고
휴게실 창가에 서서
커피 한 잔의 위로를 받네요.

향을 음미하며 바라본
이웃 공장 정원에 햇볕이 놀러 왔네요
반짝반짝 빛나는 얼굴들이 돋보입니다.

간밤 뒤척임 없이 잘 잔 덕분인지
아니면 간밤 데이트가 즐거웠던지
감나무 잎에 앉아 수다를 떨고
잡초들 위에 앉아 사부랑 거리는 밝은 웃음들

아무래도 오늘은 웃음이 지배하는 날
아무래도 오늘은
행복을 꾹꾹 눌러 담아야 할 것 같은 날

화단 앞에서

생기 잃은 대지를 희롱하던
남쪽 바람의 너울춤이
철쭉나무의 가냘픈 허리를 휘감네

환희로 벙그는 철쭉에
햇살이 다가와 입을 맞추고
왠지 철쭉의 끈적이는 눈웃음에는
내가 포로 되어 허둥대네

쓸쓸하다 하고
덧없다 하고
가끔 나를 몰라 허둥대지만

봄꽃 만발한 화단 앞에서
끈적이는 내면의 언어들
고독한 사내는 부끄럽기만 하다네

묵념

가시밭 험하기만 한데
누군가의 고운 희생으로 다듬어진 길

땀 냄새가 납니다
눈물 냄새가 납니다
한숨이 배어 있습니다.

구불구불한 길 따라가지만
가끔은 휘파람 부는 여유까지 생기는
그 길은 전혀 수고롭지 않습니다.

뼈를 깎는 고통을 억누르며 닦아 온
묵묵한 그의 실천이 있었기에
지금 나는 편안한 길을 걸어갑니다.

이름도 성도 알 길은 없지만
아름다운 희생에 고개 숙입니다.
고맙습니다.

오해

봄비 맞으며
가엽게 떨고 있는 꽃가지를
측은한 눈으로 바라보았네!

분단장粉丹粧 곱게 하고
입가에 피어오른 꽃가지의
고운 미소가 낯설었지만

사랑을 위해 변해야 하는 시간
봄비 내릴 그때였으니
측은지심惻隱之心은 그냥 우려일 뿐이었네!

남몰래,
남몰래 만나기 딱 좋은 시간
내 눈은 그 모습에 포로가 되었으니

나는 모릅니다

나는 모릅니다.
어쩌다 봄바람이
매화꽃 아래서 깔깔대며 웃는지

나는 모릅니다.
보송보송 솜털을 뒤집어쓰고 춥다고 웅크린
버들강아지를 간지럼 태우며
게으르다고 잔소리해대는 봄바람의 속마음을

나는 모릅니다.
연둣빛 사연 몰래몰래 물 위에 띄우는
수양버들의 아리송한 속내를

나는 모릅니다.
그 모습들 속에 숨어있는 얼굴
그가 왜 나를 닮았는지를

어떤 무책임

식곤증으로 시달리며 바라보는 하늘
바람이 몰고 가는 구름을 보며
게으른 생각들이 행복한 여행을 한다.

아주 꿈속에서만 즐길 수 있는
집, 돈, 옷 걱정에서 먹거리까지
필요 없다고 말할 만큼의 여유

자신이 누군지 모르는 저 구름처럼
동기도, 목적도, 아무런 얽힘도 없이
아주 무책임한 여행을 떠나고 싶다

내가 없는 곳으로
한 달쯤이나 훨훨

기분 좋은 외출

철저히 비워진 끝없는 하늘
금빛 카펫 내리덮은 대지
간간이 물안개 헤치며 자태를 드러내는 낙동강

귓불 간질이는 속삭임 뒤로
짙게 풍겨오는 강의 살 냄새
숨어서 바라보는 태양이 눈을 비빈다.

두둥실 떠밀려온 마음
바라보는 세상이 더없이 사랑스러운
그래, 이런 날은 희롱당해도 좋다

아, 강 안개 커튼 너머 바라뵈는 아름다운 실루엣
안을 수 없으니 차라리 눈을 감는다
간간이 마음을 훔쳐 달아나는 바람의 속삭임에
몸살 앓는 오늘은 희롱당해도 좋다

| 4부 |

서시 4

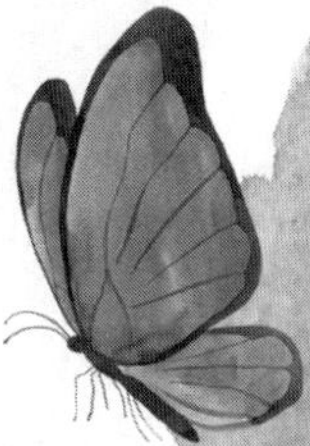

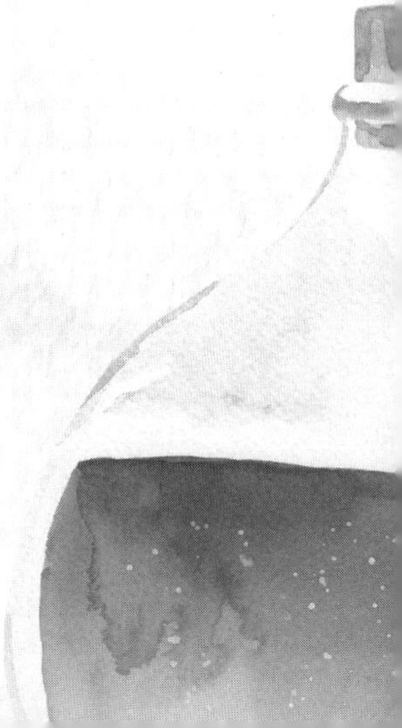

서시 4

나뭇가지에 매달린 열매를 딴다
어쩌면 이 나무의 과거일 수 있고
미래일 수 있고
현재의 1년일 수 있다

현재로부터 아득히 먼 과거는
잊으려야 잊을 수 없는 고통이다
하지만 그 모든 것들이 자양분 되어
지금의 결실이기에 수확이라는 기쁨도 있다

이 수확물은 이제 미래로 가는 양식이 되어
매 순간을 직시하는 힘을 줄 것이다
탐스럽지 않은 수확물이지만
그래도 내게는 소중한 자료이기에
사랑스러울 뿐이다

나는 나무의 일 년을 거두어들이고 있다
나무에 대한 지식의 부재로 심어만 두었기에
잘 자라지 못해 작고 볼품없는 열매
그래서 더 소중한 수확을 하고 있다

네가 없는 나만의 조우

샤워기 앞 거울이 나를 들여다본다.

아니, 내가 나를 들여다보고 있다
네가 없기에
가장 꾸밈없는 순수함을 볼 수 있다

문득, 두 얼굴의 사나이가 생각난다.
분노하면 험상궂은 괴물로 변하는,
겉모습이야 다 같은 얼굴이지만
내면은 치장된 두 얼굴이다

원시와 위선으로 포장된 내 모습
내 안의 나로 살고 싶어도
세상은 그를 인정하려 들지 않는다
세상이 원하는 두 얼굴

어쩔 수 없다, 그냥 그렇게 살아야 한다
하나의 얼굴로는 거리의 이방인이기 때문이다
내가 외롭지 않기 위해서라도
양심을 버리지 않은
거짓 얼굴 하나를 더 가져야만 한다

두 벌의 옷

꼬깃꼬깃한 면상에 툭 불거진 광대뼈
장비 수염에 핏기없는 대체용 용모
유명사 원단 잘 잡힌 칼 주름
면도 자국 선명한 외출용 용모

도시라는 벽에 갇혀 방황하는
삶의 옷걸이에 걸린 껍데기 두 벌
명품이 아니어선지 실속 없이 무겁다.
그래도 세워보는 자존심에 목덜미가 뻐근하다.

조잡한 마네킹처럼
두 벌의 옷을 감당하는 어깨가 휘지만
버릴 수 없어 끈끈한 사랑을 나누고 있다
철들며 나눈 필연의 정 때문이리라

비운다는 것

비우고 또 비우고
얼마나 많은 것을 비워야 하는지 모른다.
가슴둘레 백오 센티의 이 조그만 몸통에서
뭐가 이리도 비울 게 많은지

눈으로, 가슴으로, 귀로….
일상의 모든 것에서 주워 담기를 하기에
비우지 않으면 쏟아져 내릴 것들

쓸만한 것을 남기고 나머진 비우지만
쉽게 비워지지 않는 욕심의 강한 생명력
비워도, 비워도 끝이 없다.

생사고락의 굽이굽이 생겨나는 욕심
그것에게 갉아 먹히는 고통으로 몸부림하며
비우고 비워내도 팍팍하다

그냥 그렇게 살자 그것이 삶인지도 모르겠다.

四季

푸른 물감 번져 가던 정원
초록 파도 바라보며 한발 내디뎌보니
마냥 푸를 것 같던 풀밭은 사라지고
결실의 가지 위엔 떨어져 가는 낙엽
어느덧 바람이 낙엽 위를 뒹굴며 몸부림친다.

고개를 들고 바라본 나뭇가지엔
초라한 시어만 줄지어 달리고
정수리에 들어붓던 햇살은 시들어
깔딱깔딱 서산에 위태롭다.

세상이 나´이고
내가 세상에 속해있으니 그런 것인가
일 년 사시사철 그것의 연속이 내 몸에 이어져
나는 예전의 내가 아니라
생각도 육신도 고목을 닮아있다
아니, 고목이 나´인가
둘 다 참 초라한 모습이라 구분이 어렵다.

사람이니까

꿈의 자람이 자신의 성장보다 빨라
욕심도 많고 실수도 잦다.

할 짓, 못 할 짓 가리지 않은 탓에
얻은 것도 많고, 잃은 것도 많다.

그러나 우린 고갤 끄덕인다.

사람이니까 그럴 수 있다고
용서라는 큰 잣대를 댄다.

앨버트로스

아!
숨이 터~억 막힌다.

까마득히 먼~길.
목은 바짝 타고
한 발짝 앞으로 전진이 두렵다.

오대양 육대주를 평정한
저 냉혹한 칼바람이 갈 길을 막아선다.

그런다고 멈춰 서랴?
두려움은 극복하라고 있는 것
노력 없는 자에게 누가 음식을 나눌 것인가?

자신을 위하는 길은 도전뿐이다
움츠림 없이 활~짝 날개를 펴보자
준비된 도전은 하늘도 돕는다고 했던가?

떠받히는 힘, 상승기류에 몸을 싣자
마침내 비상하는 웅장한 날갯짓
오!
수평선을 제압하는 영광의 날개여

슬픈 나이

어제에 이어
오늘도 날아든 슬픈 소식

평생 호강 한번 못 시키고
가는 날까지 등만 처먹던
피붙이가 사라진 아픔 때문인가? 아님,
고아가 된 설움 때문인가?
꺼이꺼이 목 놓아 우는 저 모습들

고아가 된다는 것
그 숫자가 늘어난다는 것은
내가 바라보는 하늘이 석양이라는 것이리라

어버이가 보이지 않는
어둡고 긴 밤이 가까운
그래서 슬픈 나이

흔적

앞서가는 사람들
자신의 흔적을 남기려 하는데
자연은 말없이 지우고 있으니
영화를 위해 내닫던 지난날들이
다 허허롭지 아니한가?
새해 새날이라고 올랐던 산,
공동묘지
그 많은 봉분
시침에 의해 지워진 그림자 수북하고
누군가 머물다 간 흔적만
쓸쓸히 눈도장 찍고 있네

낙동강 문학의 태동

함안 법수중학교 강당
칠천만 톤급 거대 선박을 모아
강원도 태백시 황지연못
작은 물길에 진수식을 가졌으니
그 힘겨움 어찌 말로 표현하리.

사공 많아 숱한 고민을 해결하고
갈등을 마무리 지으며
태동을 알렸던 낙동강 1호

아픔과 괴로움을 말없이 안아주는 강
강물은 산을 닮아서
포옹하고 가르치며 감출 줄 안다.

묵묵히 흐르는 낙동강 물결 위에
흔들리며, 흔들리며 떠가는 배

탐욕

생명은 탐욕을 가지고 있다
식물이건 동물이건 사람이건
탐욕으로 자신을 지켜나간다.

탐욕이 없으면 어찌 생명이라 하겠는가?
식물은 더 많은 양분을 얻기 위해
뿌리를 넓히고 가지를 늘리며
동물은 자신의 생과 종족 번식을 위해
자신보다 약한 동물을 짓밟는다.

인간의 꿈이라는 탐욕은
땅을 먹고, 생명을 먹고
사물의 아름다움까지 다 먹어치우는
생태계를 말살하는 왕성한 식욕의 괴물이다.

하지만 진화를 위해서는 어쩔 수 없다며
지나친 탐욕마저 정당화한다.

밤나무의 가을

꽃의 유희로 고운사랑 맺고
차곡차곡 다져온 결실이
만삭의 몸을 흔들며 웃고 있다.

무거운 몸 내색하지 않고
행복에 겨워하더니
진통이 시작된 밤나무밭

한번 몸을 뒤틀 때마다
후드득
알밤이 태어난다.

이렇게 쉬운데
내 딸들은 왜 그리 힘들었을까?

시월 풍경

뜨거워, 뜨거워 붉게 타는 장미
입 맞추려 하지만
여린 내 입술 델까 봐
먼발치 바라만 보았네.

구경 왔던 짱아를 붙잡고 퍼부은 키스 세례에
온몸 시뻘겋게 달아오른 짱아는
정신 못 차리고 허둥대는데

구원의 손길을 부르는데도
시월은 나 몰라라
다음 문을 열기에만 끙끙,
가쁜 숨을 내쉬네.

삼일간의 휴가

기다리고 기다린 삼일간의 휴가
하루는 누수공사로 까먹고
또 하루는 정리한다고 까먹고
남은 하루,
쌓아둔 메모를 정리하는데
배운 게 많은가?
들은 게 많은가?
본 게 많은가?
마땅한 시어는 떠오르지 않고
두뇌의 깊은 주름 뒤적여 봐도
꺼내 쓸 지식이 부재하다.
시간은 오후 다섯 시를 넘고
에라, 세수를 해보자
화장실 거울 앞에 서보니
보기 싫은 저 수염
저거라도 잘라내면 속이 시원할까?
못마땅한 시구를 잘라내듯 싹둑 잘라내는데
괜히 우리한테 화풀이한다고.
잘려나가는 수염들이 아우성이다
"야~이! 엉터리 시인아!"
휴가 삼 일째 날이 저문다.

풍경

하늘하늘 춤추는 저것이 무엇인가?
지면에 낮게 내려앉은 꽃구름인가?
눈여겨 바라보니 나무들의 사랑 행위
시끌벅적 저 소리는 벌들의 사랑 노래

너나 나나 나누는 사랑 타령에
시샘하는 하늘은 금빛 화살을 쏘아대고
벚나무의 영혼은 산산이 부서지네

버려지는 빛이 아까워
하나둘 주워 모은 가로등이
해 떨어진 거리에 풀어헤친 빛들의 향연

금빛을 주워 먹은 사람들 깔깔거리는 거리
주머니에 담긴 사랑을 만지작거리며
머슴애 하나 그리움 떨구며 간다.

출근길

풍요로 비대해진 몸
살 뺀다고 몸부림치는
가을을 보고 와서
비쩍 마른 겨울바람도
뜀박질 삼매경이다
새벽길 나서는 나는
옷깃도 여미지 못했는데
벌써 저만치 달려가는 모습
미처 따라가지 못한
꼬리의 외마디 함성이
뿌연 흙먼지를 일으킨다.

갈림길

얻은 것도 많고
잃은 것도 많은 생의 질곡

가야 할 길은 멀기만 한데
끝없이 나타나는 삼거리
이골이 날 법도 하련만
나날이 헤매는 한숨 소리

왔던 길 돌아갈 수 없고
가야 할 길은 갈래 지고
혼자서 정할 수 없어
많은 발자국을 따라가 보는데

기왕 떠나온 길
그 끝이 험난할지라도
외롭지 않았으면 좋겠다.

사랑이란 이름을 만나
후회 없이 안아봤으면 좋겠다.

고추잠자리의 주검 앞에서

서릿바람에 쉼을 맞이하는 넌
얇고 나약한 날개 하나로
하늘을 주름잡는 영광을 누렸었구나.

즐겨 찾던 가지 끝에
무념無念 무욕無慾 무심無心
꿈에도 그리던 그 도道를 이뤘으니

세인世人이 갈망하는 찬란한 그 길
득도得道,
그곳에 쉬고 있는 너의 평안
어찌 부럽다 않으리.

모든 것은 변한다

산도, 강도, 하늘도, 땅도,
바라보면 언제나 그 자리 그대로인데
자세히 들여다보면

산도 제 모습이 아니고
하늘도 그 하늘이 아니며
강물도 예전의 그 강물이 아니다.

한번 흘러간 강물은 다시 돌아오지 않고
엊그제 내린 빗물이 빈자리를 메우지만
그래도 변함없이 강물은 넘실거린다.

변하지 않은 듯 변하고 있으니
인간도 열외는 될 수가 없다
젊다고 말하는 뒤란엔 앓는 소리만 버티고 있다

나이테

터벅터벅 걸어간다.
시간이란 그가 걸어간다.

억겁을 걸어왔을 그는 쉼이란 없다.
어디서 태어나 어디로 가는지
아무도 알지 못하는 그가 걸어간다.
육신의 피로 따윈 이미 초월한 듯
터벅터벅 앞만 보며 걷는다.

한 나라의 흥망과 한 민족의 동족상잔
지구촌 어느 곳이 무너져 내려도
바다의 노함이 많은 사람을 쓸고
죽음으로 몰고 가도 한마디 말없이
피도 눈물도 품에 꼭 끌어안고 간다

숙명이려니 받아드리며 그저 걷기만 할 뿐
뒤돌아본다는 것은 치욕이라 생각되는지
앞만 보며 외롭게 간다.

그렇게 늘어가는 나이테

서시 5

서시 5
-소원의 탑-

한숨이라는 것이 삶이란 탑의 기단을 깔고
한숨이라는 것이 외로움이란 정을 담금질하고
또 하나의 한숨으로 그리움을 반듯하게 다듬었다
그렇게 한단, 한단 고단함을 한숨으로 쌓아 올렸으니
그것이 소원이란 탑 아니더냐
한숨으로 지은 외로움과 그리움과 고단함
허무의 그림자인 그것들을 모아
소원이라며 쌓아 올린 탑의 높이 가늠키조차 어려운데
그를 중심으로 돌고 돌며 무엇을 빌려고 하는가?
온통 한숨으로 쌓아 올린 저곳에다
무엇을 소원하며 빌어야 한단 말인가?
빈다고 저 한숨이 나를 다독이며 위로해 줄 것인가?
그저 한숨으로 쌓은 허무의 탑일 뿐인데
내면 깊숙이에서 꺼내놓은 무형의 바람일 뿐인데
이룸이란 인연은
내 붉은 땀방울 흘러 척박한 대지 위에 스며든 만큼
파릇하게 솟아나 엮이는 관계인 것을
결국, 활짝 꽃피운다는 것은 소원의 탑이 아닌
스스로 얼마나 많은 땀방울에 한숨을 불어넣느냐는 것
한숨의 가닥가닥 말라비틀어진 육신
수줍은 손 내밀어
시간과의 평안한 관계지음을 하느냐는 것

도시인

겹겹 둘러싸인
도시라는 요새엔 어둠이 침투할 수 없다
휘~휘 둘러봐도
보이는 것은 하늘을 찌르는 높다란 성벽뿐
철통 보안에 허점이란 없다

해가 사라지면 거칠 것 없는 암흑도
요새를 밝히는 보안등 감시망을 넘을 수 없다
탈출을 꿈꾸며 불면으로 올려다보는 하늘
감시망이 두려워 별빛도 숨어버린 요새는 잠들지 않는다.

도시의 노예는 쉼 없이 성벽을 쌓는다.
통제할 수 없는 더하기의 원리로
날마다 새롭게 성장하는 도시라는 울타리

나는 자유인임을 외쳐보지만
하늘 한번 자유롭게 볼 수 없는 수감자 신분
내가 잠들거나 쉬는 시간에도
멈출 줄을 모르고 성장하는 성벽은
도시 노예의 탈출 포기각서를 받아내고 만다.

퇴근길의 도시

은행나무 사이로 가로등 빛이 거닐 때
우르르 쏟아져 나오는 발소리들
인파가 휩쓸고 지나간 거리

어느 몹쓸 삶도 함께했던지
목을 넘지 못한 한 끼니의 식사가
길바닥에 나자빠져 흉한 모습으로 누워있다.

책임지지 못할 것이라면 뭐 하러 담고 왔는지
죄 없는 것이 이따금 썩은 호흡 하며
오가는 눈빛에 난도질당한다.

이 밤이 지나고 내일이 오면
삶에 찌든 또 한 사람의 욕설로 사라지겠지만
좋든 싫든 어울려야 하는 거리에선
볼 것, 못 볼 것 다 봐야 한다.
피할 수 없는 숙명임을 우리는 잘 알기에

벽과 마주하다

내가 지금 벽 앞에 서 있다
그가 내 앞을 막았기 때문이다

게걸음으로, 게걸음으로
탈출구를 찾아 한숨 겨우 돌렸지만
너무도 높아진 벽을 벗어나진 못했다

쇠 울타리, 섬뜩하게 밀려오는 냉기
경계의 눈빛들이 벽 뒤에 서 있다
세상을 짊어진 발소리에 심장이 멈추었다.

순화되지 않은 거친 목소리들
오그라드는 몸뚱이 스스로 벽을 쌓는다

나와 내 가정, 내 직장, 내 나라
나만 있고 너는 없는 무인도
고립의 벽 안에 자신을 가둔다.

사회라는 벽 앞에 경직된 나를 세워놓고
벽을 만드는 너를 탓하고 있다
그렇게 늘어나고 두꺼워지는 벽! 벽!

낯선 외출

오랜만이다
하늘빛이 너무도 곱다.
거리는 온통 꽃향기에 젖어있다.
참으로 오랜만의 외출

다람쥐 쳇바퀴 돌듯 단순한 삶의 통로
큰맘 먹고 벗어나 보니
목구멍이 시퍼렇게 독기 눈을 뜨고 있다
지금의 한가로움이 위태롭다 느끼며 길 나서는
참으로 오랜만의 외출이 몹시 낯설다.

거리가 변했다.
없던 건물과 도로가 산을 가리고 하늘을 가렸다.
많은 삶의 모습이 전투 상태로 변해있다.

새벽과 밤중을 오가느라 보지 못했던
변한 도심의 한낮 풍경들
여유로움보다 쫓기듯 잰걸음들
너무도 낯선 풍경에 나는 이방인이 된다.

자책

저기 팽개쳐진 삶
네 잘못이라 손가락질 말며
내 잘못이라 자책하지도 말자

현실은 너무도 혹독하여
나 외에 너를 보듬어 낼 수도 없고
너의 팽개쳐진 삶 이해하지도 못한다.

나를 버리지 못하기에 너를 안을 수 없다
너를 알고 안으려 하면
나 자신을 버려야 하기 때문이다

나 자신의 삶을
널 위한 희생으로 살 수는 없음이니
죽더라도 나는 천사나 선남선녀는 못되겠다.

타협

언제인가 세어볼 수 없는 날에
울안으로 뛰어든 맹수 한 마리

잠시 잠깐 보여주는 재롱에
힘들여 사냥하지 않아도
구경꾼들의 던져주는 먹이에 길들여진 맹수

사소한 다툼으로 사육사와의 작별을 고하였으니
때마침 흉년이라 황폐해진 세상에서
이빨 빠지고 발톱 빠진 맹수에게
잡아먹힐 먹잇감은 아무 데도 없었다

돌아갈 곳 없는 맹수
치켜든 꼬리를 내려야 했다
옛날은 추억 속에 배부르고
현재는 무릎을 꿇어야 주린 배를 채우기 때문이다

난개발 현장에서

산의 운명은 참 가엽기도 하지
자신의 모든 것을 주기만 했지!
받을 줄은 모르는 아둔함이라니

갖은 혜택 다 누리는 인간은
당연한 것처럼
깎고, 뚫고, 파낸다.

당하면서도 불평 한마디 못하는 산
허리가 꺾여 늘여진 모습
찔레 향이 향불처럼 능선을 오른다.

언젠가는 알게 되리라
무분별한 자연 훼손이 얼마나 심한 재앙의 시작인지를
얼마나 귀중한 게 자연인지를

커피잔 가득 채우는 그리움

무료한 오후
머그잔 가득 커피를 채웠습니다.
코끝을 감돌아오는 고소한 내음
내가 사랑하는 모든 이들의 향기였어요.

잔을 내려놓으면 멀어지고
잔을 들면 가까이 다가서는 따스함과
물씬 안겨 오는 그리움까지

단순히 너와 나인 채로
있어도, 없어도 무관한 존재라면
고운 향기는 기대하기가 어렵겠지요.

멀리 떨어져 있음에도 그리움으로 연결되고
유선과 무선으로 함께할 수 있어
고소한 서로의 향을 음미할 수 있었죠
이젠 가까이 두었어도 싸늘한 텅 빈 커피잔엔
비워진 향기만 덩그러니 남아있네요.

못내 아쉬운 마음 주방으로 향합니다.
가스레인지에 불을 붙입니다.
주전자에 물이 끓고 있네요.
커피믹스 두 스틱을 뜯어 넣고 물을 채웁니다.
커피잔 가득 또 그리움이 채워집니다.

핏빛 지도의 발원지를 찾아서

신라의 천년 역사가 잠들어있는 고도古都 경주
뽀얀 입김 내뿜으며 겨울비에 젖고 있다

천년 영화는 어디에 숨었는가?
한 시대를 호령했던 사라진 이름들의 현주소
산과 능을 구분키 어렵지만
저곳에도 영화롭던 옛 애기는 묻혀 잊겠지

대성거족大姓巨族
이李, 최崔, 손孫, 정鄭, 배裵, 설薛
고 삼국, 신라 육성新羅 六性
핏빛 지도의 발원지

내 조상 지백호 할아버지는 알고 계실까?
결코, 지워질 수 없는 당신의 진한 핏줄이
수천 년, 세가世家의 지도를 그리며
이 땅에 뿌리내리고 있다는 걸

나라는 존재가
쉽게 세상을 살면 안 된다는 작은 깨우침을
당신이 잠든 이 땅 위를 거닐며 얻었습니다.

경주 문학기행

토함산 오르는 길
동리-목월 기념관에 차가 멎었다

글로 둘러싸인 울타리 안
선. 문인의 자취 앞에 손에 손을 맞잡았으니
더욱 빛나는 반김과 우정이 아름다운데

만남과 이별은 거역할 수 없는 진리
오가는 술잔 속에 정겨운 대화들 남겨둔 자리
떠나오는 차창 밖 아쉬운 손짓만 머물고….

어둠 몰려오는 창 너머
물안개에 휩싸인 채
홀로 남겨진 나목만 홀로 외롭다.

왜?

뭐하러 이 땅에 오고
또 황망히 떠나야 하는가?
육신은 불 속에 던져지고
생각만 남아 떠돈다는데

이해가 안 가는 나는 자꾸만 찍어댄다.
왜?,
왜? 라는 물음표를,

누군가 말하더라
나 스스로 세상에 온 것이 아니라
자연의 조화로 생겨났다 사라진다고.

글쎄,
왜, 그래야 하냐고 억지스러운 항변을 하지만
삶은 늘 수수께끼 같다는 생각으로 결론짓는다.

황혼

노을이 아름답던
동구 밖 정자나무 아래
쉰 김치 가닥에 걸쭉한 막걸리 한 사발
장기판을 펼쳐놓고 입씨름하시는 어르신들

무지개 찾아 떠나오던 길에서
만났을 사연들은 백발이 되고
퇴색되어가는 자연현상 앞에서
어쩌면 편안한 노후이고
어쩌면 갈 길 바쁜 나그네 아닌가!

이상을 추구한다는 것은
젊음을 저당하고 허무를 빌려 오는 것
젊음. 따라 친구마저 사라진 자리
순화되지 않은 거친 말들만 내달린다.

아직은 젊다고 말하지만
환갑 진갑 훌쩍 지나 칠순을 바라보는 나이
씁쓸한 미소 내 입가에 피어나니
왠가, 왜인가?

하찮은 것들

일과를 마치고
언제나처럼 욕실 샤워기 앞에 서 있다

김이 피어나는 초라한 몸으로
물끄러미 바라보는 초상肖像 하나
거울이 없었다면 영원히 찾을 수 없었던
거울을 통해 분리된 또 하나의 나

필요 때문에 당연히 주어진 자신의 자리지만
아우성만 요란했지 끝내는 잘려나가는 수염들
어쩜, 어려운 경제 여건을 빙자한
물갈이 대상들의 모습을
티브이에서 보는 것만 같아 안쓰럽다

늘 그래왔던 것처럼 물을 날라다 준 대가로
바닥에 버려지는 바가지가 요란한 소리를 지른다.

하지만 그 소리는 항의의 소리가 아닌
자신의 처지를 아파하는 팔자타령일 뿐
새삼 바라본 바가지의 용도가
시대가 만들고 있는 노동자의 운명처럼 다가온다.

필요 때문에 퍼 담고,
다시 비우고 나면 매번 텅 비워져
언제든 버림의 대상이 되는
저 쓰레기 같은 몹쓸 태생이 동그랗게 웃고 있다
최후의 버림일지라도
나는 다시 재생될 거라고

바보!
하이고 저 바보….

콘크리트의 새순

다소곳이 성장하던
그 새순은 분명 아니다.

자람이 너무 빨라 당산나무를 발아래 두더니
내가 숨을 헐떡이며 오르던
동산조차도 발아래 깔아뭉갠다.

콘크리트 새순,
인간이 창조한 새로운 수종의 나무
그 나뭇가지 안에 인간은 보금자리를 만든다.

성장을 멈추지 않음은 수요를 위해서란다
저 무서운 나무
무슨 생명력이 저리도 강하단 말인가?

물기 하나 없는 바위 위에서도
하늘 높은 줄 모르는 저런 성장
그 꼭대기는 이미 하늘에 닿아있다.

임의 영전에 드리는 글

모심을 논, 바닥을 드러냈음은
낮은 자의 가슴이 참고 또 참아왔기 때문

마침내 터뜨려버린 물 폭탄
날려간 파편에 신음하던
참 샘마다 물길이 트였습니다

강산에 넘치는 물길을 거두소서!
세상의 갈등과 증오 하나로 모였으니
이제 막 범람하는 물로 씻어내소서

사랑과 용서, 이해와 협조로
깨끗이 닦여진 임의 땅 위에
화합의 꽃나무 곱게 싹이 돋게 하소서

오늘이 가고 훗날
임의 이름으로 풍년가 부르게 하소서

* 故 노무현 대통령 영정에 부쳐.

노동자의 시위

사람을 홀리는 재주가 남달라서
그 여우굴 주변에는 먹을게 넘쳐 보였다
배고픈 나는 악어새가 되어
그놈의 입에 머리를 디밀고 들어가
온몸을 통째로 바쳤다.

스스로는 살아가는 방법도 몰랐기에
살기 위해서 자신을 바치고
살과 피를 함께 나눠 먹었다
그저 고맙다고 허리마저 굽실거렸다.

그럭저럭 흘러간 세월
그렇게 풍부하던 젊음의 샘은 바닥을 드러내고
날로 떨어지는 기력
거울 앞에서 나를 훑어보니 뼈마디만 앙상하다.

여우굴에선 또 다른 젊음이 필요하다고
옛 지기를 외면하고
나는 또 다른 나와 함께
먹히지 않는 마지막 카드를 치켜든다.

같이 살자!

구속

공원길
따스한 봄볕이 꽃들과 밀어를 즐기고 있다
화사하게 웃는 꽃, 꿀벌이 춤을 춘다.
어쩌랴 나도 무리가 되어 탄성을 내지른다.

자연이 이토록 아름답지만
지금 이곳은 자연스러움이 아닌 인위적 연출
꽃은 일정한 틀 안에서
자신의 아름다움을 드러내야 한다.

언제부턴가
자연이 보여주는 아름다움을 거부하고
틀 안에 가두는 것에 길들어
우리는 세상 모든 것을 가두려 한다.

산과 들, 강과 바다,
심지어 하늘까지도
그래선지 모르겠다.
넘치는 구속으로 우리는 늘 아프다.

잠

끌고 간다.
아무리 싫다 해도 막무가내
하지만 끌려간 그 세계에선
다시 돌아오지 않으려 발버둥 친다.

아무리 힘겨운 삶이라도
쉽게 헤쳐나가고
이루지 못할 꿈도 너무 쉽게 이루고
영원히 볼 수 없던 사람도
그 세계에선 만날 수 있다

참 좋아하는 세계지만
끌려가기까지는 조심스럽고 불안하다
작은 기쁨에 얽매어 빠져나오지 못할 것 같아서

옛날엔 그랬었지

이~랴, 이랴 저리 절 절절
어허~ 이놈의 소야 이리 가란 말이다
워낭소리 울리며 걸어가는 황소의 걸음 뒤엔
겨우내 묵혔던 못자리 땅이 몸을 뒤틀었었지

용수로 물기 돌 따라 물이 흘러들고
동동 걷어 올린 발로
으깬 흙을 논둑에 발라 물 가두기를 마치면
쇠스랑 아래 부서지는 흙덩이들
일하기 싫은 아이 마음은 친구에게 향해 가고

흙 반죽 논바닥, 이랑 지어
거친 것들을 쑤셔 넣고 널판자로 문지르고
매끈한 지면이 씨앗 받을 준비를 하면
가마니에 움 틔운 볍씨가 뿌려지고
활대를 꼽고 비닐을 씌워 완성된 못자리

궐련 한 개비, 말아 피우시던 아버지
설명하시던 길가 농사법 귓등으로 흘려듣고
벌써 어둑해진 논둑길 따라 타박 걸음 걷는 아이
'친구들과 놀고 싶었는데…….'
아이의 볼멘소리만 볍씨 되어 못자리판에 남았었지

발자취

꼬이고 꼬여 앞이 보이지 않는
안개에 둘러싸인 미로

허기를 때우려
뻘밭 헤매던 철새의 발자국처럼

삶의 노트 빈 여백에
남겨진 발자취는 무엇을 말하는 걸까?

빛나는 삶의 노트 위에 악보를 그려놓고
초라한 연주를 하는
시어의 분주함이 시인의 재산으로 남았다.

주식 이야기

논둑길 옆 웅덩이
많은 사람이 고기를 잡는 어망마다
꿈틀거리는 고기를 보며 욕심이 동한다.

손을 내밀어 흙탕물 속을 뒤졌다
손안에 잡히는 게 있어 손을 들어보니
미꾸라지 한 마리가 침을 뱉는다.

'나를 안 잡아먹어도 살만한데
무슨 욕심이 그리 많으냐.'면서
이번에는 뺨을 후려친다.

머리가 하얘지도록 황당하다

당한 이야기를 옆 사람에게 들려주니
아무도 믿지 않고 미쳤다 한다.
나는 복수를 생각했다.
죽어보라고 손아귀에 힘을 꽉 주었다.

그런데 그 녀석은 가소롭다는 듯
허리 한번 비틀더니 유유히 손아귀를 빠져나가 버린다.
아무나 자기를 잡으려 한다면서….

궁도장에서

궁사는 과녁을 향해 화살을 날리고
텅 소리와 함께 화살이 과녁에 꽂히자
수 기수는 기를 돌려 명중을 알렸다.

지화자~~~
술잔은 도는데
날아간 화살의 의미는 상대를 해치는 것
자아를 상실한 화살은 돌아오지 않는다
떠난 그것으로 임무를 완수하기 때문이다

궁사가 아닌데도 우리는 많은 말 화살을 날린다.
영문도 모르고 당하는 우정은 원수가 된다.
우리가 쏜 말 화살은 떠나면 그만이 아닌
되돌아오는 마법의 힘이 있기 때문이다

보이는 화살은 피할 수 있지만
보이지 않은 화살은 피할 수 없으니
너와 나를 상하게 하는 항상 장전된 화살
언제 놓을지 모르는 활시위를 경계해야 한다.

무엇이 되려느냐.

네 무엇이 되려느냐.
네 무엇이 되려느냐.
어미가 실신하고 형제가 실신했다.
친구들은 비통에 잠기고
이웃은 눈두덩이 발갛게 부풀고 있는데
기어이 영면의 잠을 택했으니
네 후생에 과연 무엇이 되려느냐.
어렵게 흘러온 세상에서
더 나은 삶의 길 위에 섰을 거라 자위했던
그 방황을 걷어내고
이제 내다보이는 새 세상으로의
발 내디딤이 이렇게 허무한 것이었던가.
동호야!
동호야!
내세에서는 부디 행복하거라

* 2008.12.24. 외사촌 동생, 동호 장례식에 다녀와서.

또 하나의 역사

구름 한 점 없고,
바람 한 줄기가 없는 강
거울 같은 수면은 거대한 도화지
하늘이 그 어떤 변화를 보여도
강은 그를 그리기에 망설임이 없다.

시샘이라도 하듯
수면을 향해 날아가는 돌멩이
동그랗게, 동그랗게 흔적을 남기며
맹렬한 기세로 수면을 질주하던 돌멩이는
되돌아 보이는 발자취에 흐뭇해하지만
언제 그랬냐는 듯
수면은 본래의 평온을 유지하고 있다.

또 하나의 강,
인류의 역사마저도 강에선 묻히고 만다.

고조선, 부여, 고구려,
신라, 백제에 이은 후삼국과 발해가 사라지고
고려와 조선이 사라지고 일제 식민지
6·25 동란에 광우병 소고기까지

하지만 우리는 알아야 한다.
시끄럽다고
머리 아프다고
자꾸만 묻어버리려는 우리의 아픈 역사를

주변국에서는 국내정치 상황을 이용하여
자기의 역사로 만들려는 끈질긴 도발을 하고
그로 인해 얻어지는 부를 후세에 물려주고 있음을
경제에서
문화에서
역사에서
최소한 주변국들의 속국은 되지 말아야 한다.

이치

하늘과 땅, 바람과 구름,
산, 물, 바위는
그 모습 그대로 있고 싶어 하지만
세상은 상황에 따라 그 모습 바꾸길 원한다.

자연은 그들의 위치를 바꾸고
계절이 그 모습을 변화시키듯
있는 듯 없는 듯 살아가기를 원하지만

사랑과 미움, 행복과 불행을
다 갖추어 놓고도 찾을 수 없게 눈 가려 놓고
네 탓이라고 애꿎은 원망만 늘려놓게 만든다.

한 세상을 다 허비하고 나서
깨달은들 뭣하랴만
깜깜한 미로의 길에서 빛을 밝히는 발 길이기를
그 이치를 맞대어 헛걸음하지 않기를….

작은 베풂이 가져다준 행복

친구여!
나는 이웃의 행복을 보았습니다
비결이 뭘까 궁금했지요
그리고 깨달았습니다.
1%의 나눔이 있었다는 걸

그렇게 부러워하던 행복
비결은 나눔임을 알면서도
실천하지 못하고 힘겨워하는 것은
가짐이 남보다 못하다 느끼는
발악하는 삶이란 변명을 늘어놓습니다

어리석음에 목구멍 가득한 욕심
언제쯤 1%의 나눔으로 행복을 얻을 것인가?
빤한 답안을 손에 쥐고서도
내 것으로 쓸 줄 모르고 비틀거리는 삶입니다
그래서 바보인 나는 언제쯤 현명해질까요?

그대도 나와 한마음이라고요
허! 허! 허! 어허허!

내 고향 광양

한 마리의 호랑이가
속세를 밟고 서서 자신의 권좌를 알렸다던
내 고향 광양엔 백운산이 있다

은어 한 마리 물살을 거슬러 오른다.
대양도 좋지만, 고향만 한 곳은 없다는
그곳 다압면엔 섬진강이 있다.

읍내엔 옥룡과 봉강에서 흐르는 동천과 서천이 바다로 가고
옥룡면엔 동곡천, 추산천이 동천으로 합류하고
봉강면엔 신룡천, 구상천이 서천으로 합류하고
옥곡면엔 묵백천, 정토천, 옥곡천이 합류하여 섬진강에 이르고
진상면엔 수어천과 운동천이 있고 섬진강과 합류한다
진월면엔 월길천과 진월천이 섬진강으로 흘러들고
다압면엔 중대 천이 흘러 섬진강으로 흘러든다.

산도 거기 있고 물도 거기 있다.
산 그림자와 산안개, 물길과 물안개,
광양사람을 지키며 그 자리에 있는데
이곳을 지키던 내 꿈만 자리를 비우고 없다

바람도, 태양도
언제나 찾아오면 반겨주는데
맑고 곱던 그 꿈들은
석탄 열차의 연기 따라 세월 속에 묻혀있다.

사형수

"에잇! 개떡 같은 심판이다"
서방 맘 상할까 봐 노심초사하는
그녀의 눈물이 말하고 있었다

내일을 위해 뛰다 보니 무너지는 체력이라
퇴근길 한잔 술로 자존심을 일으켜 세운 게 죄라고
첫 재판에서 백의 법복은 사형을 선고했다.

그 남자의 퀭한 눈이 실의에 젖었다.
떡을 할 노~므 하늘,
자식 공부 다 마치려면 십 년도 더 남았는데
명줄을 십 년만 더 늘려주지,
마누라 미안해서 어쩔꼬!
생떼 같은 목숨을 꽃 꺾듯 하던 죄인도
사형은 가혹하다는 세상인데
술 한 잔 벗 삼은 게 그리도 큰 죄이던가,
즉결심판에서 사형이라니

웃으며 바라보는 서로의 가슴에
석양빛이 멍울로 앉는다

가을은

가을은 얼마나 무거울까?
알곡들을 고개 숙이게 하는 겸손의 무게?
황금빛 세상이니 황금의 무게일까?
밤송이를 떨어뜨리는 바람의 무게일 거야
그도 아니라면 내 마음 송두리째
끝없이 가라앉게 하는 하늘빛 무게일 거야

가을의 힘은 얼마나 셀까?
나뭇가지에서 낙엽을 떼어 날릴 만큼
아님,
저 하늘에 새털구름 밀고 가는 정도
고추잠자리 날개 위에 앉아 날갯짓할 정도일 거야
아니지, 아니야!
내 어깨를 눌러 주저앉게 할 정도일 거야

무궁화

무궁화여,
우리나라 국화꽃이여!
어이해 너는 꽃을 피우지 아니한가?
겨울바람 때문이라고?
봄 가뭄 때문이라고?
진드기 때문이라고?
너 응석 부리고 게으름 피울 때
이웃집 국화들은 피고 지고
알찬 씨앗들을 달았는데
어이하려나
빌었던 소원 이뤄져
국화(國花)가 되었으면
너다운 삶을 살아야지
대명(大名)을 버리고
추명(醜名), 오명(汚名)에 물들고 있으니
언제 넘어볼까? 이웃집 높은 담장을
꽃을 피우렴, 활짝 피워보렴.
가슴 벅찬 그 빛,
설레던 그 날의 그 아름다움으로
무궁화여! 활짝 피어나렴.
전 세계의 이목이 너에게 향하도록

방귀 냄새

아카시아가 향긋한 방귀를 뀌어댄다.
밤나무의 방귀 냄새도 구수한 산등성이
허리 펼 날 없는 찔레도 한몫 거든다.

오월 숲이 뀌는 방귀는 풋풋하고 상큼하다
배려인가 나눔인가 베풂인가?
생태계의 아름다움을 지키려는 자기희생 때문인가?
기껏해야 썩어빠진 거름이나 먹는데
배출하는 방귀는 어찌 이리도 향기로운가?
숲은 모든 생명에게 풍성한 삶을 안기고
또 그들에게서 도움을 얻으며 공존 공생하는데
사람은 그를 해친다.

숲이 나누는 좋은 혜택은 다 누리고
좋은 것은 다 찾아 먹고
좋은 것은 모두 내 것 만드는 사람
최고만 찾고 일류만 고집하는 그들의 방귀는
그래서인지 역겹다.

날마다 새로워지는 탈아脫我의 세계와 에너지 충만

날마다 새로워지는
탈아脫我의 세계와 에너지 충만

시인 · 문학평론가 | 예시원

　시인들은 늘 불가능한 꿈을 꾸는 몽상가이면서 두 발을 딛고 사는 리얼리스트이기도 하다. 순수한 열망으로 늘 호수 같은 밤하늘 저편 은하수 별 무리를 보며 밤 배를 저어가기도 하고 상상의 나래를 펴며 스토리를 엮어내는 이야기꾼이 되기도 한다.

　백공百空 정광일 시인은 바람의 시인이기도 하지만 늘 무언가 그리워하며 해답 없는 기다림의 연속에서도 무쇠처럼 강인한 인내력으로 하늘과 땅, 바다와 강을 품고 살아가는 거인巨人이기도 하다.

　정광일 시인의 첫 시집 '바람이었네'부터 두 번째 시집 '겨울에 우는 매미'까지는 먼저 간 아내에 대한 그리움과 못 다한 사랑을 대하면서 남겨진 자의 몫으로 슬픔이 복받쳐 눈물을 흘렸고, 순수한 사랑이 사라지고 있는 현실 세태에 대한 귀감이 되는 작품들이 많았다.

　이후 여덟 번째 시집까지 발간해오면서 그의 사유와 시선은 높은 미적 가치를 추구하였고, 자연과 일상의 현상들까지도 채집하고 현상하여 갈수록 다양한 시어 구사와 해학의 넉넉한 여유로움까지 보여주고 있다.

　정광일 시인의 작품세계는 날마다 새로워지는 탈아脫我의

세계에서 있는 그대로의 풍경과 때론 그로테스크한 풍경의 시어를 채집하여 그 작품의 일상 자체가 풍부하다고 할 수 있다. 또한, 콜라주collage를 통한 일상의 편견으로부터 자유를 갈구하는 그의 작품세계는 의식의 진공상태와 자아 상실을 극복해낸 리얼리즘을 통한 에너지 충만의 상태를 느낄 수가 있다.

슬픔과 고독을 딛고 극복하기보다 그것들과 정면으로 맞서지도 않고 노년의 허허로움과 여유를 즐기기까지 하는 정광일 시인은 어느덧 장자풍 대인의 풍모를 느낄 수가 있다. 그것은 이미 충분한 삶의 관조와 다양한 경험을 통해 그 세계관 자체가 넓고 깊어져 있기 때문이다. 그의 시선과 의식세계는 적도의 파푸아뉴기니를 지나고 세렝게티 초원을 지나서 남서부 케이프반도 희망봉을 향해 갔지만, 그는 언제나 푸른 광양만과 부산 해운대 바닷가 근처에서 두 발을 딛고, 현실 속에서 생활인으로 힘찬 발걸음을 내디뎠으며 결코 가볍지 않은 일상을 보내고 있다.

삶에 대한 가치부여는 허장성세虛張聲勢의 존재 부재나 소멸에서부터 시작된다. 삶에 대한 진정성이란 삿되거나 거짓됨 없이 불안한 그림자에 의해 지배당하지 않는 명징한 의식에서부터 출발하는 것이다.

백공百空 정광일鄭光一 시인은 전남 광양에서 출생하였고 현재 부산 동래구에 거주하며 둥지를 틀고 있다. 월간 《문학21》 시, 월간 《한비문학》 수필로 등단하였고, 시집 《바람이었네》와 수필집 《먼 기억 속의 털외투》 외 다수의 시집을 발간하였다. 제1회 한비문학상 시 부문 대상(2006.07.)과 낙동강 문학상(2006.09.), 시와 늪 22집 신년호 최우수상(2014.01.), 대구신문 제6회 명시상(2016.09.06.) 외 다수의 문학상을 수상하였고, 한국일보 이달의 시(2015.06.05.)로 선정되는 등 왕성한 필력으로 활동하고 있다.

'고난의 행군' 또는 '인고의 세월'이라는 말도 있지만, 그건 내일의 희망을 품고 하루하루를 참고 견뎌 나가는 과정을 말한 것이다. 그러나 오늘은 즐기면서 나아가야 하고 정광일 시인은 그런 시간으로 애써 버텨온 것이다. 양지 속에 음지가 있고, 음지 안에도 양지가 있기 때문에 힘든 과정에도 분명히 즐거움을 찾으면 발견해 낼 수 있다는 것이다.

점점 살아가기 힘든 세상이 돼가고 있지만, 인간의 본성인 심성만은 거칠어지지 않고, 아름다움을 우리 주변에 머물러있게 만들어 가야 한다. 어쩌면 아름답고 맛좋은 시를 만들어 내야 하는 사명감이 시인들에겐 숙명처럼 따라다닌다고 할 수 있다.

삶의 현장에서 고단한 일상을 보내는 중에도, 아름다움을 소중히 간직하고 창조해내며, 사랑을 전파하는 정광일 시인의 작품 세계를 감상해 보았다. 그의 작품세계는 들에 핀 민들레 맛이 난다. 쓴맛도 나고 눈물 맛도 나는 게 묘한 오미五味의 맛이 난다.

정광일 시인은 중년 때 작품들은 눈물의 바다로 표현할 수 있을 만큼 내면의 상처가 컸던 시인이지만, 노년으로 갈수록 작품에서 점점 숙성된 장맛처럼 중후한 이미지가 풍긴다. 이미 오래전 노동의 세월을 끝낸 은퇴한 노년의 여유로움이 묻어나면서 삶의 진국을 함께 느낄 수가 있다. 그의 작품에선 잔잔한 서정성이 묻어 나오는 가운데 강인한 생명력이 살아있음을 알 수 있다. 그의 삶도 민들레처럼 참으로 억척스럽게 살아온 날들이었지만, 그럼에도 그의 작품에선 결코 보드라운 심성을 잃지 않고 잔잔한 감동을 주는 내용들이 많다. 그의 숙성된 삶과 같이 잘 빚은 맛좋은 작품을 보면서, 앞으로도 희로애락喜怒哀樂을 다 경험한 하회탈처럼, 노년의 중후한 시 맛을 계속 기대해본다.

정광일 시인의 첫 시집 《바람이었네》부터 시작해 지금 내놓는 《작은 꿈들의 수다》에 이어 현재진행형에서 미래에까지 그의 행복한 꿈은 계속 이어질 것으로 보인다. 슬픔과 그리움에서부터 출발한 그의 시 세계는 이제 제자리를 찾아가며 노년의 해학까지 이어지고 있다. 이제야 비로소 주변을 둘러보는 여유를 갖춘 노년의 신사 정광일 시인의 아홉 번째 시집 《작은 꿈들의 수다》와 그의 시 세계를 함께 감상해본다.

"

길고 긴 어둠, 고요와 적막,
그것들과 싸움은 지독한 외로움이다.
겹겹 싸고 있어도 움츠러드는 고독과 싸움
극단으로 치닫는 어리석은 충동에도
마음을 가다듬어야 하는 씨앗에게 겨울은 너무 혹독하다.
그래도 봄은 어김없이 찾아온다.
그것은 견디는 자만이 얻을 수 있는 행운인지도 모른다.

작품해설 | 167

쭈~욱 꽃대 끝에 화~알~짝 펼치는 꽃잎
그 높은 곳에서도 바라보이는 거대한 장벽
삶의 장벽은 너무 다양한 형태로 진로를 방해한다.
시련이라는 장벽들은 한 번으로 그 성이 차지를 않나 보다
지금껏 자신에게 안겨다 준 시련은
예고편 같은 짧은 단막에 지나지 않을 뿐
겹겹 둘린 시련의 장벽은
스스로 열정을 위하기보다는 너로 인한 것이기에
더 고달프다는 것을 마침내 알고야 말았다
꽃은 운다, 하늘을 향해 운다.
내게 왜 이토록 시련을 안기느냐고
하지만 사람들은 말한다.
꽃이 활짝 웃는다고

— 〈서시 1〉 전문

"

　길고 긴 어둠, 고요와 적막은 계절로 치면 추운 겨울에
해당한다. 어리석은 충동으로 극단에 치달으면 기운이
빠져 혹독한 겨울이 오게 된다. 참을 인忍 자가 많으면
저절로 강하게 되는 것이 상생상극과 우주 만물의 이치이다.
　쭈욱 솟는 꽃대 끝과 활짝 펼치는 꽃잎에서 바라봐도
삶의 장벽이 높기만 한 것은 어쩌면 세상에 태어난 그
누구도 피해갈 수 없는 통과의례 같은 과정이라고 할 수
있다. 장벽이 높아도 하늘 아래인 것처럼 파도가 거칠어
도 결국 바람의 장난인 것이기에 바람이 잦아들면 물결

은 잠이 들게 마련이다. 화자가 말한 것처럼 그 시련은 '너'로 인해 더 고달픈 것임을 깨닫기까지 그렇게 긴 시간이 걸리지 않는다는 게 삶의 교훈이다. 꽃은 하늘을 향해 울지만, 사람들은 꽃이 활짝 웃는다고 말한다.

모든 우주 만물의 생生에서 다 좋을 수도 다 나쁠 수도 없는 것이 생성과 소멸의 이치이다. 기운이 강하여 화기가 세면 고요하거나 맑고 시원한 물과 바람이 있는 곳을 찾아야 하고, 심신心身이 차고 추우면 화기가 강하고 따뜻한 곳을 찾는 게 순리이다.

꽃이 울고 웃는 것은 혼자이기 때문에 그런 것이지 주변과 조화를 이룬다면 울지도 웃지도 않는 중화의 단계에서 여유롭고 담담한 일상을 보내며 잔잔한 염화미소拈花微笑를 지을 수 있을 것이다.

초년 중년 말년의 모든 시련은 그것을 극복하라고 주는 것이지 무릎 꿇고 좌절하라고 주는 것은 아닐 것이다. 인생의 험난한 시험은 통과의례일 뿐이라는 마음으로 달관한 정광일 시인은 이미 고요한 평정심平靜心으로 마음을 다스리며 일상을 보내고 있음을 알 수 있다.

꽃이 울거나 활짝 웃는 것은 자신과 주변의 에너지를 다스리는 과정에서 얼마나 조화를 잘 이루느냐를 달관한 사람만이 느낄 수 있는 것이다. 10~11행에서처럼 삶의 장벽은 다양한 형태로 진로를 방해하고 시련이라는 장벽 또한 한차례만으로 그치지 않고 지속적으로 괴롭히며 시험을 걸어온다. 신은 인간에게 견딜 수 있는 고통만 준다고 했지만, 사실 살다 보면 더 큰 시련은 인간이 인간에게 주는 시련과 고통이야말로 극복하기 힘들 정도로

클 경우가 많이 있다. 하지만 벽을 치는 저쪽 너머의 '너' 보다는 '너의 배후는 너'일 정도로 자신이 쳐놓은 장벽이 오히려 거대할 수도 있다.

물론 벽을 허무는 과정은 여러 가지 방법이 있을 수 있다. 다이너마이트나 G4 폭탄으로 벽을 파괴하거나 중장비로 부수는 방법도 있고 땅굴을 파거나 담쟁이 넝쿨처럼 타고 올라 넘어가는 방법도 있다. 그러나 화자는 여기서 그 벽을 극복해내는 건 결국 자신인 '너'라고 말하며 꽃이 울고 웃는 것도 '너'에게 달려 있음을 메시지로 전해주고 있다.

"

바다가 있기에 존재하는 사람
평생을 싸웠어도 만만찮은 그의 삶터

파도가 그렇고 바람이 그렇고
무한의 수확물이 지천으로 널렸어도
마음대로 할 수 없다
스스로 물고기가 되어 잡으려 해도
어떤 놈은 날고, 어떤 놈은 뛰고
뛰어난 은신술과 줄행랑에 속수무책
곧 잡힐 듯 조바심만 동동걸음이다.

그대여!
아직도 모르는가?
물고기가 되지 말고 어부가 돼라

그래서 고기를 잡는 건 그물이고
그대는 리더이기에 바다를 가꿔야 한다는 걸

그대가 진정 어부라면
물고기가 되려 하지 말고
바다를 들여다보는 진정한 경영자가 돼라.

— 〈생산자가 아닌 경영자가 되라〉 전문

"

　정광일 시인은 이 작품에서 '바다가 있기에 존재하는
사람'으로 자신의 존재와 부존재 그리고 타자他者인 주변
인 모두를 그 바다에 끌어들이고 있다. 무한한 자원의
보고이며 기회의 황금어장이 있는 곳이 바다이면서 세상
이라는 들판이다. '평생을 싸웠어도 만만찮은 그의 삶터'
도 마찬가지로 자신과 타인 모두를 생의 전쟁터에서 전
사)로 투사하며 고삐를 단단히 틀어쥔 채 출발하고 있
다. 삶에서 생산자가 되던 경영자가 되던 그 모든 과정
의 주체는 자기 자신의 깨달음과 그 과정에서 새롭게 다
시 태어남에 있는 것이다.

　세상에 태어난 모든 이들은 참혹한 전쟁터 한가운데
가 아니라면 축복이라고 할 수 있다. 지옥이 있다면 태
어나는 순간부터 폭탄이 터지는 전쟁의 참화 속에서 신
체 일부를 잃거나 혈육을 잃으며 평생 비참한 삶을 살아
가야 하는 인생이 바로 그런 것일 수 있다. 어떤 탄생은
제대로 성장도 하기 전에 목숨을 잃는 경우도 있다. 성

장하고 살아가는 과정에서 사람들은 누구나 쁘띠 부르주아지petite bourgeoisie적인 삶을 살아가거나 살 수 있게 된다. 자본계층과 노동계층을 구분 짓고 가려는 사회주의식 계급이론을 배제한다면 인간의 삶은 그렇게 비참하지만은 않을 수 있다.

어느 한쪽의 삶을 살아가거나 선택하기 전에 인간은 누구나 그것을 선택할 수 있는 자유의지가 있고 몸부림치는 정도에 따라 어느 한쪽으로 치우쳐질 수도 있다. 쁘띠 부르주아지가 대자본가를 동경하고 노력하는 삶을 살아가는 것은 지극히 당연한 현상이고, 그 누구도 그것을 방해하거나 조롱 또는 멸시해서도 안 되고 뒤에서 다리를 잡아당겨도 안 된다.

또한, 노동자의 삶을 살아간다고 해서 부끄럽거나 창피한 일도 아니며, 이런저런 말을 만들어서 그 사람의 직업을 폄훼해서도 안 된다. 그 과정에서 이런저런 좌절감과 무력감, 분노가 형성될 수도 있겠지만, 그것을 잘 극복해내고 조절하는 것도 각자의 삶에서 각자의 몫인 것이다. 그것을 균형 잡지 못할 때 생기는 것이 분노조절장애intermittent explosive disorder라고 할 수 있다. 현대인들의 일상에서는 같은 동질류의 동료들끼리도 과도한 시샘과 경쟁으로 상대방을 분노조절 장애로까지 몰고 가 폭발explosion하게 만드는 경우가 다반사로 많다. 그 모든 권모술수權謀術數와 교언영색巧言令色의 과정을 지나고 나서 깨달은 것은 '물고기가 되지 말고 어부가 돼라'라는 것이다. 더 나아가 바다를 가꾸고 들여다보는 경영자가 되라고 시인은 자신과 타자他者들에게 메시지를 전해주고 있다.

인생에서 TOP에 오른 성공한 경영자가 아니더라도 자신의 삶에서 제법 윤택하고 넉넉한 여유로움을 찾을 수 있는 건 바로 자기 삶의 알기와 주체가 자신에게 있음을 말해주고 있다. 평생을 노동자로 살았더라도, 나비가 되기 위해 수많은 애벌레가 굼실대고 몸부림치며 나무를 타고 오르기 위해 시샘과 경쟁의 몸싸움을 벌이지만, 자유로운 영혼처럼 넉넉하고 여유 있게 살다가 두 날개를 힘차게 펼치고 훨훨 날아서 자유의지로 나비가 돼보는 것도 멋진 삶일 수 있다.

정광일 시인의 자유의지는 한 사람의 인간으로서 성공한 경영자이며 진정한 달인이라고 할 수 있다. 인간의 자유로운 해방 의지는 어떤 방식이든 각자의 몫이다. 정광일 시인이 말하는 경영자는 자기경영 즉, 자기관리의 주체를 말하며 타자들의 논리나 생각대로 움직이는 꼭두각시나 로봇의 삶을 살지 말라는 메시지다.

"

이정표 하나 없는 바닷길
갈치낚시 떠나야 할 배는
엄습해오는 두려움에 몸을 편다.

모두가 잠든 포구
거기, 함께 잠들어야 함에도
그깟 돈이 뭐기에
그것의 노예가 되어
생사를 점칠 수 없는 바다로 향한다.

자고 싶다고,
가기 싫다고 보채는
낚싯배의 아우성은 뒤로한 채
금전에 맞붙인 포구는 배를 떠밀어내고
낚싯배의 긴 꼬리는 포구를 붙잡고 늘어진다.

— 〈포구의 서정〉 전문

"

정광일 시인은 〈포구의 서정〉을 통해 세상은 그렇게 만만하지만은 않지만, 그렇다고 두려워하거나 움츠리지만 않는다면 살만한 곳이고 멋진 곳이라는 것을 전해주고 있다. 멋진 세상에서 멋진 인생을 살아보는 것도 큰 보람일 수 있다.

인생의 바다는 1연에서처럼 누구나 출발선에선 엄습해오는 두려움에 몸을 떤다. 2연에서 모두가 잠든 포구에서 함께 편안한 단잠을 자야 하는 한밤중이나 새벽 동이 트기 전에 길 떠나는 나그네의 고단함이 서글픈 심상으로 전해온다. 3연에서처럼 '자고 싶다고 / 가기 싫다고 보채는 / 낚싯배의 아우성은 뒤로한 채' 수척한 표정으로 때론 광기 어린 눈동자로 낚시를 떠나는 꾼들은 적어도 일반인들의 시선에는 정상적이진 않을 것이다. 어쩌면 생의 삶의 현장에서 주저앉을 수도 떠날 수도 없는 어정쩡한 인간 군상들의 표정을 작품에서 캐리커처와 풍경화로 그려내었을 수도 있다. 작품에서 신산한 포구의

풍경과 시인의 심상이 그대로 나타나기 때문에 그것을
애써 부인하지도 부인할 수도 없는 것이다.

사람으로 태어나서 사람답게 살아보는 것이 누구나
바라는 희망일 것이다. 그러나 어쩌랴. 한주먹거리도 안
되는 소수 3%의 자녀로 태어나지 못한 수많은 일반인의
삶은 일생을 '먹고 살기 위한 생존의 전투' 속에서 애면
글면하며 몸부림칠 수밖에 없는 숙명을 지니고 있기에
그것을 애써 외면할 수도 없는 것이 현실이다. 그나마
나름대로 몸부림쳐서 겨우 30% 안으로 진입할 수 있다면
큰 행운이고 50%대에 머물 수 있는 것도 다행일 수 있다.

상황에 따라 오락가락하는 중간을 포함해서 나머지
절대다수인 70%의 일반인들은, 싫든 좋든 3연의 마무리
행처럼 '낚싯배의 긴 꼬리는 포구를 붙잡고' 늘어질 수밖에
없는 게 실존이고 현실의 모습이다. 2연에서처럼 '그깟
돈이 뭐기에 / 그것의 노예가 되어 / 생사를 점칠 수 없는
바다로' 향하는 것은 참으로 복잡한 심경의 군상들이 함께
낚싯배에 올라타 있는 모습들이다. 마음 정리를 위해 일
상탈출로 낚시를 떠난 이도 있을 것이고 이도 저도 어쩌지
못해 도피처로 바다를 향한 이도 있을 것이다.

바다로 향했던 그 복합 중충적인 심경들이야 각양각색
各樣各色이었겠지만, 돌아올 때는 그 어떤 말로도 형언하
기 어려운 희열과 희망이라든지 발상의 전환이라든지 뭔
가 긍정적이고 밝은 모습으로 정리가 되었다면 얼마나
좋은 일일까. 생의 로프rope은 결코 바다로 나간 나그네들
을 상심의 바다에 빠트리지 않고 무사히 귀항할 수 있게
안전 홋줄로 묶어 단단히 결박하고 있다. 포구는 떠나라

고 있는 게 아니라 항상 돌아오는 이들을 반갑게 맞아주
는 곳이기 때문이다.

　다시 한번 힘을 내어 일상으로 돌아올 수 있게끔 두
손에 침을 '퉤' 뱉어 마닐라 로프manila rope를 잡고 당길 수
있게 만드는 것이 '포구의 서정'이라고 할 수 있다. 낚싯
배의 낚싯줄은 잠시 놓쳐버린 희망을 다시 되돌리며 챔
질 하는 것이고 포구와 배 사이에는 단단한 생의 밧줄로
연결돼 있어 어느 누구도 내치지 못한다.

> 새싹을 키우고, 꽃을 피우고
> 누가 봐도 멋들어진 그가 슬프다.
>
> 꽃을 피우고 새싹을 키우면 뭐하나?
> 뿌리도 깊지 못하고 향기도 없어
> 벌도 없고, 나비도 없고
> 새들도 찾지 않은 도심의 가로수인 것을
>
> 거리의 분진에 폐병마저 의심되는 초라한 모습
> 아닌 척 버텨내는 창백한 아름다움
> 가로수라는 그 이름,
> 어쩌면 누군가에게 비친 내 모습인지도 모를….
>
> ― 〈도심의 비애〉 전문

'꽃을 피우고 새싹을 키우면 뭐하나?' 향기도 벌도 나비도 없고 새들도 찾지 않는 도심의 가로수는 '거리의 분진에 폐병마저 의심되는 초라한 모습'처럼 비친 화자의 상심일 수도 있는데, 흔히 말하는 도시민과 삶의 애환을 함께 해온 것이 거리의 가로수 들이다. 뿌리가 깊지 못해 늘 위태위태하게 버텨내는 창백함이 타향살이로 아슬아슬하게 세월을 보낸 도시민들과 그 속에서 결핵 같은 시인의 모습도 함께 비쳐진다. 허기짐은 술로 풀면 되고 넋 빠진 무력감은 연애로 달래면 되지만, 지친 도시인의 영혼은 무엇으로 달래야 하나 하고 긴 한숨을 내쉬는 도시의 기울어진 오후다.

삶에 지친 심신은 언제든 재충전을 하면 되지만 살다 보면 '다시 한번' 용기를 가지고 각다분하게 아귀다툼하는 삶의 전쟁터로 출전할 수 없을 정도의 트라우마trauma를 겪을 때가 있다. 그런 것만 아니라면 사람의 일생처럼 또한 쇠락해져 가는 도시의 한 귀퉁이처럼 함께 늙어가는 가로수는 오히려 반려동물 같은 친구가 될 수 있는 존재다.

젊은 시절이라면 살면서 알게 모르게 했던 실수와 트라우마에 직면해도 다시 한번 도전해볼 용기를 가져 볼 수 있겠지만, 조용히 내려놓으며 정리를 해가야 할 시점엔 그런 것들이 오히려 구질구질하고 거추장스러울 수가 있다.

같은 코로나19 백신을 맞아도 몸속에 생기는 중화항체 면역력은 사람마다 다를 수 있다. 상황에 따라서 재난이나 사고를 당한 사람도, 목격자도 트라우마로 인해 심신이 피폐해져 가정이 파탄 나기도 한다.

쇠락해져 간다는 것과 늙어간다는 것은 그런저런 과

정들을 다 보고 듣고 겪으며 이미 지나간 시간 속에 흘려보냈음이다. 시간여행을 통해 다시 돌아보아도 현실에서는 이도 저도 어쩔 수 없는 동영상 같은 스크린일 뿐이다.

1연의 '새싹을 키우고, 꽃을 피우고 / 누가 봐도 멋들어진 그가 슬프다'라는 표현도 남은 생을 힘겹게 버텨내고 있는 도시민들의 애환처럼, 짠한 마음인 것이지 결코 절망적이라거나 참담함의 상태는 아닌 것으로 보인다.

'살아 있으면 사는 것이다' 때론 4연의 '아닌 척 버텨내는 창백한 아름다움 / 어쩌면 누군가에게 비친 내 모습인지도 모를' 자괴감에 씁쓸해질 수도 있겠지만, 그것 또한 살아 있으니 느낄 수 있는 감상이고 감성인 것이다.

시인이기에 가능한 심상이기에 언제든 시계추나 자석의 자성처럼 에너지 관리를 통해 긍정적으로 끌어당길 수 있음이다. 내가 가진 에너지가 밝으면 밝은 것을 더 많이 끌어당길 수 있고 어두우면 밝은 쪽에 은근슬쩍 기대어 보는 것이다.

이젠 생성과 소멸의 심각한 고민보다 생을 반추하고 정리해가며 즐기는 일만 남은 시간이 시인을 기다리고 있다. 시인은 이미 그것을 알고 있으며 마지막 잎새와 같은 심정이 아니라 담담하게 도시의 오후를 즐기고 있는 것이다.

봄이 오는 거리에 서면 새싹들이 말하는 소리가 들린다.
꽃들의 대화가 들린다.
신나게 온 동네를 휘젓고 다니는 새싹들의 대화를 듣는다.

작은 새싹들이 떠드는 소리는 생동하는 희망의 소리다.

그들은 꿈을 꾸고 있다
그들에겐 아주 큰 꿈이지만
어른의 생각엔 아주 작고 단순한 꿈이다
엄마와 아빠 손잡고 놀이터 가는 일이나,
가게에 들어가서 맘에 드는 장난감 하나 얻는 것이다
너무 단순해서 아름답기까지 하다

수채화처럼 은은하게 번지는 그들만의 수다
요란하고 시끄러운듯하지만 정겹다
귀 기울여 들으면
별것도 아닌 일로 우스운 그들만의 대화
거짓 없고 꾸밈없어 가슴까지 맑아지는 그들의 수다

나이 든다는 것은 꿈마저 비우는 일일 것이다
하지만 작은 새싹들의 별것 아닌 꿈이 아니라
아주 구체적인 욕심으로 무장한 꿈이라서 끙끙댄다.
나이 들면서 소중한 웃음을 잃어가는 이유이리라

아주 작은 꿈들의 수다를 들을 때면 덩달아 즐겁다.
새싹의 길,
꽃들의 길에서 새로이 뛰어다니는 싱그러운 꿈들
널따란 운동장에서 꿈들의 대화가 피어나고
그것이 그들의 웃음이 되는 생의 봄날

새싹은 새싹대로 꽃들은 꽃들대로

옹기종기 모여 즐거운

그 작은 것들의 수다를 듣고 있으면

지금은 잃어버린

어린 날의 내 꿈들이 찾아와서 가슴 한편을 간지럽힌다.

킥킥,

나도 몰래 웃음이 난다.

— 〈작은 꿈들의 수다〉 전문

"

오래전 '죽은 시인의 사회'라는 영화가 상영된 적이 있었다. 1990년부터 30년이 지난 2021년에도 여전히 그 영화가 전해주는 메시지들이 현재 사회를 압도할 정도로 시사성이 강한 영화였다. 그것은 30년이 지난 지금도 변치 않는 입시 지옥과 안팎이 다른 아이들, 부모가 모르는 아이들의 모습이 존재하는 것이다. 출산율 저하로 갈수록 대학가에 정원미달 사태가 속출하지만, 소수정예 엘리트 대열을 향한 행진에는 변함이 없는 게 현실이다.

영화 속에서 특별했던 키팅 선생의 역할이 오늘날까지 멋진 남자로 남아있는 건 아이들이 성장해서 어른이 되기까지 현실의 삶 속에서 그만큼 힘들고 거친 세파가 많았기 때문이기도 할 것이다.

꿈을 꾼다는 건 그 사람이 살아 숨 쉰다는 증거이기도 하다. 매일 내가 일으킬 세상의 변화를 상상하고 그것을 실행에 옮기고 싶은 욕구가 꿈으로 나타나기도 한다. 시인들은 누구나 불가능한 꿈을 꾸는 리얼리스트들이다. 불가능한 꿈을 꾸는 순간엔 현실에서 더 이상 영웅과 악당은 없어진다. 한때 우리 사회를 억누르고 지배했던 이데올로기가 존재했던 시절이 있었다. '체 게바라'처럼 꿈을 꾸는 이들을 불온시했었지만, 이젠 그런 사회 현상들조차 절대 의미나 가치가 없어져 버린 지극히 현실적인 사회가 되었다.

정광일 시인의 작품 〈작은 꿈들의 수다〉처럼 사실은 꿈을 꾼다는 건 지극히 순수하고 소박한 아름다운 현상이다. 작은 꿈은 작은 새싹들의 동심의 세계일 수도 있고 성장한 어른들에게도 순수함으로 돌아갈 수 있는 시간여행이 되기도 한다.

인간의 생로병사生老病死와 희로애락喜怒哀樂의 사이클에서 '철들자 이별' 또는 '철이 들면 늙은이'라는 자조적인 푸념들이 나온 것도, 살아가면서 '천방지축'으로 지내던 시절만큼 아름답던 시절이 없다고 해도 과언이 아닐 것이기 때문이다.

'새싹의 길'이 떠오르는 건 늙어갈수록 어린 시절로 돌아가고 싶은 욕구가 강해지기 때문이다. 중년 이후의 나이에도 '킥킥, 나도 몰래 웃음이 나온다'라는 시를 쓸 수 있는 것도 시간여행을 통해 시인은 이미 동심의 세계로 돌아가 있다는 것일 수 있다.

젊은 시절 치열한 삶을 살았을수록 노년의 나이에 위로받고 치유 받으려는 욕구가 강해지는 건 인간이기 때문에 어쩔 수 없는 자연현상이고 당연한 것이다. '노동하는 인간은 아름답다'라고 누군가 말했지만 그건 그들을 통해 이익을 추구하는 이들의 행복한 말일 뿐이고, '먹고 살기 위해' 힘겨운 노동을 해야 하는 이들에겐 고통일 뿐이다.

시를 배우고 쓰며 문학의 세계를 찾는 노인들이 많은 것도 그만큼 '먹고 살기 위해' 치열하게 몸부림친 그 세월이 순수하지 못했고, 새롭게 세탁하고 싶을 정도로 탐욕스러웠던 시간도 있었기에 노년엔 더욱더 순수의 세계가 그립기도 한 것이다.

물론 생존을 위해 땀 흘리며 노동을 해온 것밖에 없는 순수한 사람들도 많은 게 사실이다. 이렇든 저렇든 먹고 살기 위해 치열하게 몸부림쳤던 그 시간들이 싫었다는 방증이기도 하고, 늦었지만 순수의 세계에서 위로받으며 치유 받고 싶은 상심의 마음이기도 하다.

전쟁터에서 살아 돌아온 전쟁 영웅들이 사실은 트라우마trauma가 극심해서 오랜 세월을 고통 속에 보내야 했던 것처럼, 삶의 전쟁터에서 살아남은 사람들도 마찬가지로 찢기고 할퀴고 시퍼렇게 멍들었던 생채기가 너무 깊이 흔적이 남아 있어 치유의 시간이 필요한 것이다.

정광일 시인뿐만이 아닌 이 시대 모든 사람 누구나 마찬가지일 것이다. 삶에 지친 영혼은 치유해야만 한다. 그것이 꼭 시의 세계여야만 하는 것은 아니겠지만, 시를 통해 상처를 어루만지고 달래며 치유할 수 있다면 좋은 방법일 수 있다.

꿈을 꾼다는 건 '거짓 없고 꾸밈없어 가슴까지 맑아지는 그들의 수다'이면서 나이 들면서 잃어가는 소중한 웃음을 되찾는 것이기도 하다.

자생自生을 거부하는
퍽퍽한 짠 바람에 결연決然히 맞서
질곡의 세월을 노랫가락에 담고
질퍽거리는 갯벌에 뿌리를 내렸다.

떠돌이로 살든지 토박이로 살든지
너나 나나 살아있다는 것 외에
별다를 것 없는 삶
부귀영화富貴榮華를 논하면 뭣하랴?

어느 시인은 말했지
'네 지금 앉은 그 자리가 꽃자리'라고
자그마한 이룸에 기뻐하고
어쩌다 마주한 인연에도 웃음을 나눠주는

정남진 장흥 회진 포구,
갯바람에 땀 절인 온몸 내맡기고
의연毅然히 서서 웃음 짓고 있는
바다의 여인 해당화 한 송이

— 〈회진 포구의 여인〉 전문

정광일 시인이 이 작품을 쓰게 된 고장 장흥은 18세기 조선 최대의 실학자 정약용 선생이 부국강병富國强兵을 주장했다가, 18년 동안이나 귀양살이를 하며 깊은 좌절을 안겨주었지만, 실학사상의 밑거름을 쌓았던 뜻깊은 곳이기도 하다.

바다가 내륙 깊숙이 파고들어 밀물과 썰물이 교차하며 강인지 바다인지 아주 오묘한 곳이 바로 회진 항이다. 먹거리로는 점심은 강진에서 짱뚱어탕을 저녁은 장흥 회진항에서 된장 물회를 먹어보라고 많이 권하는 곳이기도 하다.

정남진 장흥의 여름철 별미로 갯장어와 된장 물회는 작렬하는 햇살과 숨 막히는 고온으로부터 몸을 보호하는 보양식으로 아주 좋은 음식이다.

회진 포구는 지형적으로 그 생김새가 아주 특이한 곳이기도 하다. 작품에서처럼 질퍽거리는 갯벌이며 '퍽퍽한 짠 바람에 결연히 맞서 / 질곡의 세월을 노랫가락에 담고' 바람 같은 세월을 사는 여인들이 뿌리를 내리고 사는 곳이 회진 포구이기도 하다.

그곳의 사내들은 어쩌면 바람처럼 온 천지 골골샅샅 방랑하며 돌아다니고 바람서리 무서리 가난한 살림으로 구겨진 수건처럼 앉아있는 여인네들만 남았는지도 모른다.

먼 마을에서 오는 개 짖는 소리, 바람에 흔들리는 버드나무 가지 소리, 스쳐 지나간 모든 빛 슬픈 사연들은 한낱 바람이고 구름이었을 뿐 남자의 일생은 강여울 바람이었고 여자의 일생은 애자진 질퍽한 갯벌이었는지도 모른다.

'네 지금 앉은 그 자리가 꽃자리'라고 말한 정남진 장흥 회진 포구에 핀 '바다의 여인 해당화 한 송이'는 정광일 시인의 문우인 어느 여류 시인이기도 하다. 시인은 그

문우를 떠올리며 어느덧 회춘回春의 붉은 봄기운 속에 잠겨있다. 척박한 갯벌 모래땅에 뿌리를 내리고 멀리 바다를 향해 꽃을 피워낸 해당화의 모습을 의인화한 그녀는 시인에게 매력 넘치고 마음이 통하는 친구이기도 하다. 가장 명징하고 호쾌豪快하게 심상을 정리한 구절이 2연이다. '떠돌이로 살든지 토박이로 살든지 / 너나 나나 살아있다는 것 외에 / 별다를 것 없는 삶 / 부귀영화富貴榮華를 논하면 뭣하랴?'

부귀도 영화도 구름인 양 간곳없고 청산에 홀로 우는 장녹수나 한 많은 사연 담아 떠도는 저 달님처럼, 독야청청 홀로 외로움을 달래며 고고함을 뽐내는 소나무가 아닐 바에야 서로 간에 애태울 필요가 뭐 있겠느냐 하는, 은근한 사연을 담은 연서戀書일 수도 있는 작품이다.

여자의 눈이 가을 물처럼 맑다는 뜻의 추파秋波가 있는데 상대방의 관심을 끌기 위해 은근히 보내는 눈짓이라는 말이다. 피차간에 뭐 눈치 볼 것 있느냐는 솔직 담백한 사연을 해학적으로 전개해놓아 참으로 재미있는 작품이다.

움켜쥔 삶의 무게를 잠시 내려놓고
흔들리며, 흔들리며
멈춰진 가버린 날의 영상을 뒤적인다.

먼 시간 속
무심히 흘려보내야 했을
시간의 파편 짜 맞추기

훨훨 가벼워지자
바람 앞에서 자신을 제어할 수 없는
새 가슴 떨어져 나온 솜털처럼
훨훨 날아 달세계로 가서 놀자

다 왔다고
이제는 일어나라고
흔들어 깨우는 종착역 플랫폼까지

— 〈열차 안의 명상〉 전문

"

　여행을 떠나본 사람들은 알 것이다. 장거리 열차든 시외버스나 고속버스든 설렘의 시간은 잠시이고 이내 곧 깊은 잠에 빠질 때가 있다. 젊은이든 나이 든 사람이든 그 시간만큼은 깨고 싶지 않을 정도로 편안함을 느끼게 된다. 삶의 무게에 짓눌린 머리와 어깨는 열차나 버스 창가에 의지한 채 병든 닭처럼 끄덕이고, 아득한 단꿈에 취한 채 그대로 어딘가에 가거나 침잠하고 싶을 때가 있을 것이다.

　매 순간 파노라마처럼 시공간을 초월하여 먼 과거와 현재, 미래의 시간까지 오가며 온갖 상념과 회상이 교차하며, 때론 짧은 단잠이 긴 시간처럼 느껴지고 편안한 휴식을 취한 것처럼 상쾌함이 들 때가 있다. 긴 잠을 깨고 나면 봄이 온 것처럼 온몸에 꽃이 핀다. 까치처럼 머리를 끄덕이는 건 절망하지 않고 세상을 똑바로 쳐다보기 위함이다. 살아 있기 때문에 사는 것이다.

시인은 먼 시간 속 파편 짜 맞추기를 통해 추억의 한 단면을 회상해본다. 반복되는 사회의 질서 속에서 애써 잡념을 회피하고 업무에 전념하던 시간에는 정서의 크레바스crevasse가 커질 수밖에 없겠지만, 여행 속 명상의 시간에는 기억의 조합을 통해 추억의 그림들이 커지고 복잡했던 생각들도 명징하게 정리가 될 수 있다. 이 시에서 화자는 열차 안의 명상을 통해 일상에서 추억의 페이지를 구체적으로 대상화하고 있다는 것을 잘 보여주고 있다.

아마도 시인은 '다 왔다고 / 이제는 일어나라고 / 흔들어 깨우는 종착역 플랫폼까지' 흔들어 깨우는 방해꾼이 없었으면 하는 마음일 것이다. 중간에 내리는 여행객이나 시인 자신까지도 모두 그대로 종착역까지 조용히 갔으면 싶었을 것이다.

문득 자신이 누군지도 모르게 잊고 싶을 때가 있다. 일상의 권태를 버리듯 깊이 간직하고 있던 자아自我 마저도 놓고 싶을 때가 있다. 그것이 여행이 주는 편안함이며 일상탈출의 도화선이 곧 자유로운 영혼이길 갈망하는 마음으로 자연스럽게 연결해 주고 있다.

3연에서 시인은 그 마음을 그대로 드러내고 있다. '훨훨 가벼워지자 / 바람 앞에서 자신을 제어할 수 없는 / 새 가슴 떨어져 나온 솜털처럼 / 훨훨 날아 달세계로 가서 놀자' 달세계는 이미 지구촌에서 여러 번 위성과 로켓을 쏘아 보냈고 달 탐사를 통해 그 실체가 드러나 달동네에는 옥토끼가 존재하지 않음을 알고 있다. 그럼에도 불구하고 꿈을 꾸는 시인들은 동심의 세계로 돌아가 달세계로 날아가 놀고 싶은 마음이다.

훨훨 가벼워지자는 것도 무겁고 번잡스러운 생각들을 털어버리고 단순하게 자유로운 영혼이 돼 보자는 것이기도 하다. 그렇게 '움켜쥔 삶의 무게를 잠시 내려놓고' 열차 안의 명상을 통해 시인은 누구에게도 방해받지 않는 지상 최대의 꿀맛 같은 휴식 시간을 가져본다.

명상은 순수한 영혼을 들여다보며 내면 깊은 곳까지 걸어가는 행위이다. 명상을 통해 느끼고자 하는 건 결국 생명체 속에 자리하고 있는 우주의 진아眞我: purusa 즉, 외적 에너지와 사상에 흔들리지 않는 참된 자아를 찾아가는 것이다.

"

반쯤 열린 문을 선보이며
세상은 우리를 초대했습니다
무엇을 준비하고 기다리는지
아는 이 아무도 없습니다

문을 활짝 열고 맞이하면 더 좋으련만
자신의 지혜를 동원하라는 가르침인 듯
통과하는 사람들은 여러 부류입니다
좁은 틈새를 이용하는 사람
꼭 열고 말겠다며 힘을 기르는 사람
나는 안 돼 포기해 버리는 사람

궁금해서 내디딘 돌이킬 수 없는 발걸음 두렵습니다.

하지만 계속 가보자고요.
언젠가는 해답을 얻어내겠죠.

그 끝에는 궁금해 하던 것 보다
더 빤한 해답이 너무도 싱겁게 우리를 기다릴지도 몰라요
하지만 변화를 바란다면 걸음을 멈출 수 없겠지요
가보자고요. 끝까지

— 〈행진〉 전문

　행진은 대단히 역설적인 표현일 수 있다. 줄을 지어
앞으로 나아감을 뜻하는 획일적인 것의 대명사이기도 하
지만, 변화를 갈망하는 개혁과 혁명의 행진도 있기 때문
에 그 해석과 헤게모니를 달리하는 진영 논리에 따라 대
단히 복잡한 의미를 가지고 있기도 하다.
　권력의 속성상 변화를 거부하며 안정과 유지를 바라
는 힘이 아주 강하기도 하고, 조직의 개혁과 혁신을 통
한 새로운 질서를 바라는 세력도 있게 마련이다.
　정광일 시인은 작품 〈행진〉에서 '반쯤 열린 문'으로
서두를 시작하며 호기심을 자극하고 있다. 우리는 그동
안 그 '반쯤 열린 문' 덕분에 강한 기대감과 변화에 대한
설렘으로 들떠봤지만 '혹시나'가 '역시나'로 변해 여지없
이 실망감으로 마음의 문을 닫아버린 기억들이 많다. 그
럼에도 불구하고 시인은 '가보자고요. 끝까지'라며 중도
포기하지 말 것을 권유하며 설득하고 있다. 미래에 대한

희망이 부재한 세상은 그 누구도 바라지 않을 것이며 현실에서의 불안감에서도 벗어나고 싶을 것이다. 그동안의 침묵을 통해 고통을 겪어본 사람들은 더는 현실 속 인간의 실존과 존재의미를 담담하게 받아들이며 가진 않을 것이다. 견딜 수 있는 인내의 한계점과 쫄깃한 텐션tension이 늘어져 버려 삶의 탄력을 잃어버렸기 때문에 부질없는 기대감에 기댈 사람은 많지 않을 것이다. 그럼에도 불구하고 '반쯤 열린 문'은 여전히 우리에게 그 어떤 알 수 없는 미지의 세계나 반쯤 열린 저쪽 세상의 호기심을 주는 건 사실이다. 반쯤의 긴장감을 가진 채 나머지 반을 활짝 열고 들어가 보는 것도 괜찮을 것이다. 정광일 시인은 작품 속에서 '하지만 계속 가보자고요'라며 행진을 멈추지 말고 전진해보자며 독려를 하고 있다.

2014년 4월 16일 인천을 출발한 세월호가 진도군 해상에서 침몰하였다. 누군가(who) 있다고 그들을 구출해야 한다고 누군가(who) 외쳤다. 그러나 그는 밉상이 되고 말았고 조롱의 대상이 되고 말았다. 더 많은 사람이 울부짖는 유가족들을 향해 비웃으며 참담한 소리를 해댔다. 반대로 2010년 3월 26일 승조원 104명 중 46명 사망한 천안함 폭침 사건도 당사자인 군인들과 유가족들이 오랫동안 침묵을 강요받았던 일도 있었다. 대한민국은 그런 진영 논리의 사회였다.

2021년 현재 대한민국 사회는 드라마 '강철부대'에 열광하고 있다. 출연하는 참가자들이 저마다 출신 부대의 자부심과 강한 군대임을 강조하고 '자신 있다 할 수 있다'라며 실제로 대부분이 예비역인 참여 대원들이 실력을 유감없이 발휘하며 선의의 경쟁을 하고 있다. 2010년과 2014년 대한민국 정부는 과연 무얼 하고 있었을까를 되묻지 말고 두 번 다시 그와 같은 사태가 재현되지 않았으면 하는 바람으로 2021년의 '행진'에 기대를 걸어본다.

정광일 시인이 말한 '반쯤 열린 문'의 나머지 반을 활짝 여느냐 다시 닫느냐 하는 건 작품을 읽는 독자들의 몫이다. 작품에서처럼 궁금해서 내디딘 돌이킬 수 없는 발걸음이 두렵겠지만 계속 모호한 상태로 그냥 둘 수도 없는 것이다.

> 날마다 창을 여는 아침이면
> 뜨겁게 마주하는 그
>
> 화려하고 웅장한 그 모습을
> 설레는 가슴에 말없이 새기었다.
>
> 짝사랑,
> 고운 그리움 나날이 짙어져
>
> 빨갛게,
> 빨갛게 태양을 닮아있다.

— 〈붉은 동백〉 전문

장미꽃이 화려하고 열정적인 사랑과 로맨스를 의미한다면 동백꽃은 젊은 남녀의 순박한 사랑을 상징한다. 장미꽃은 머리가 아플 정도로 강한 향기를 품어내지만, 동백꽃은 향기가 없는 대신 그 빛으로 동박새를 불러 꿀을 제공해주며 새를 유인한다고 조매화鳥媒花라고 부른다.

열매로 기름을 짜서 머리에 바르면 윤기가 나고 아름답게 보이기도 하며, 그 윤기로 사계절 동백나무 잎엔 생기가 넘친다. 3~4연의 '짝사랑'은 '빨갛게 / 빨갛게 태양을 닮아' 애끓는 그리움만 더한다.

여수의 붉은 동백 전설에는 젊은 부부가 오동도에서 단둘이 살던 중 남편이 고기를 잡으러 바다로 나간 사이에 외간 남자가 아내를 헤치려고 하던 중 도망가던 아내가 절벽에서 떨어져 죽었다고 한다.

오동도를 떠난 남편이 아내가 너무 그리워 섬에 돌아와 보니 무덤가에 붉은 동백이 피어 있었다. '난 당신이 돌아오길 기다렸어요. 당신을 사랑합니다'라는 소리가 들리는 듯했다. 그 뒤 동백의 꽃말이 '나는 당신만을 사랑합니다'라고 된 유래라고 한다. 붉은 동백은 눈이 하얗게 내린 겨울에도 얼지 않고 피어 있어 그 애타는 그리움의 깊이가 얼마나 애틋한지 알 수 있고, 그 절절함이 사계절 시들지 않는 윤기로 마치 살아 있는 것처럼 느껴지기도 한다. 1연에서 제시한 '날마다 창을 여는 아침이면/뜨겁게 마주하는 그'는 태양 빛을 닮아 붉게 된 동백꽃의 가슴 절절한 사랑을 의미한다.

인간과 인간들의 사회적 관계에서 내재한 슬픔, 고독, 피로, 연민, 긴장, 혐오, 실패, 좌절 등의 불편한 단어들은 사실 그 어디에서도 환영받거나 위로받을 수 없는 것들이다. 대단히 안타깝게도 사회적 안전망을 아무리 잘 만들어도 그 트라우마를 치유 받을 길이 없다. 우리는 잘못된 시간을 거꾸로 되돌릴 순 없어도 그 시간을 느리게 보낼 수는 있다. 천천히 여유를 가지고 시의 세계에서 치유해 나간다면 해법을 찾아갈 수 있을 것이다.

서울의 우면산이 인간들의 탐욕 앞에 민둥산이 되었고 폭우 속에 속절없이 와르르 무너져버린 것도, 이제 인간의 이기심이 그 절정에 도달했다고 자연이 경고를 보낸 것이라고 할 수 있다. 섬진강의 제방이 무너져 영호남 화합의 상징인 화개장터에 물난리가 나서 쑥대밭이 됐던 것도 인간들로 인한 예고된 재난이었음이 만천하에 드러났었다. 그러나 붉은 동백만은 인간의 곁을 떠나지 않고 제자리를 지키며 사계절 더욱 윤기를 발하며 꽃을 피워주고 있다. 사랑의 의리를 상징하는 꽃이 바로 붉은 동백이다.

"

샤워기 앞 거울이 나를 들여다본다.

아니, 내가 나를 들여다보고 있다
네가 없기에
가장 꾸밈없는 순수함을 볼 수 있다

문득, 두 얼굴의 사나이가 생각난다.
분노하면 험상궂은 괴물로 변하는,

겉모습이야 다 같은 얼굴이지만
내면은 치장된 두 얼굴이다

원시와 위선으로 포장된 내 모습
내 안의 나로 살고 싶어도
세상은 그를 인정하려 들지 않는다
세상이 원하는 두 얼굴

어쩔 수 없다, 그냥 그렇게 살아야 한다
하나의 얼굴로는 거리의 이방인이기 때문이다
내가 외롭지 않기 위해서라도
양심을 버리지 않은
거짓 얼굴 하나를 더 가져야만 한다

— 〈네가 없는 나만의 조우〉 전문

'원시와 위선으로 포장된 내 모습'에는 내남이 따로 없다.
'샤워기 앞 거울이 나를 들여다 본다'는 것도 숨겨진 자
아를 찾는 위선의 탈을 쓴 현대인들의 야누스의 얼굴일
수 있다. 야누스는 로마신화에 나오는 성이나 집을 지키는
신으로 앞뒤로 두 개의 얼굴을 가지고 있으며 선악과 음
성적이고 양성적인 면을 가지고 있다. 겉과 속이 다른
사람을 표리부동表裏不同, 양두구육羊頭狗肉, 인면수심人面獸心
으로 표현하기도 한다. 한마디로 위선자인 것이다.
　양심의 소리에 고통받으며 괴로워하지 않으려면 5연

의 '양심을 버리지 않은 / 거짓 얼굴 하나를 더 가져야 한다'처럼 자기 방귀 소리에 놀라지 않고 대포를 쏘고도 안 그런 척 눈도 끔쩍하지 않는 대범함도 있어야 한다.

우리 사회에는 흔히 '내로남불'의 사고를 가진 사람들이 많다. 모두가 이중적 잣대와 가면을 쓴 야누스의 '욕망의 문고리'를 쥔 사람들이다. 친L, 친B, 친N, 친H, 친K, 친M 등 서로가 서로를 적으로 돌리며 홍위병이라고 비판하는 사람들이 그들이다. 그와 같은 형태나 상황은 사회 곳곳에 만연해 있다. 같은 사안이라도 내가 하면 로맨스요 남이 하면 불륜인 이중인격자들인 것이다.

여기저기 아무 곳에도 줄 서지 않으려 해도 그들은 끝없이 감시망을 두고 네 편이냐 내 편이냐를 요구하며 주변인들을 억압하고 탄압을 하기도 한다. 세상이 원하는 두 얼굴로 살아가려면 겉 다르고 속 다른 위선의 탈을 써야만 하는 게 오랫동안 우리 사회를 지배해 온 잣대였기도 하다.

심리학에서 거울 효과mirroring effect라는 게 있다. "나는 당신에게 호감을 가지고 있습니다"라며 호감을 느끼는 사람의 행동을 무의식적으로 따라 하는 심리이다. 내남없이 동질류로 따라 해야 심리적인 위안이 되며 따돌림 받지 않는다고 생각이 들기 때문이다. 거기에는 자아나 자존심은 없고 오직 생존본능만 존재하게 된다.

사람들이 나와 공통점이 있는 상대방에게 호감을 느끼고 유대감을 형성하고자 하는 심리 공감을 거울 효과라고 하는데 여기에서 '네가 없는 나만의 조우'를 하려면 그동안 쌓아온 공든 탑을 모두 내려놓아야만 가능하게 된다.

'가장 꾸밈없는 순수함'의 얼굴과 '세상이 원하는 두 얼굴'이 상충相沖됨이 없이 나란히 병치倂置돼야만 세상을 무리 없이 살아갈 수 있기 때문에, 내면이나 외면 모두 치장하면서 살 수밖에 없는 것이 현실이다. 너무 순수하게 아마추어로 살다가 큰 상처를 받지 않기 위해서 우리는 '양심을 버리지 않은 / 거짓 얼굴 하나를 더 가져야만 한다'. '나는 나' 또는 4연의 '내 안의 나'로 살고 싶어도 '세상은 그를 인정하지 않는다' 그것이 현실이기 때문에 웃으면서 가야 한다.

때론 금기시하는 선악과를 따먹고도 담담하고 뻔뻔스럽게 살아가는 것도 필요할 것이다. 혼돈 속에서 질서를 바로잡으려 하거나 양심의 소리를 들으려고 했을 때 오히려 더 큰 혼돈의 심장 소리에 놀라 자기 그림자에 자기가 놀라거나 잡아먹힐 수도 있기 때문이다. '세상이 원하는 두 얼굴'엔 너무 멀거나 가깝지 않은 적당한 거리와 관계유지가 필요할 것이다.

> **"**
> 꼬깃꼬깃한 면상에 툭 불거진 광대뼈
> 장비 수염에 핏기 없는 대체용 용모
> 유명사 원단 잘 잡힌 칼 주름
> 면도 자국 선명한 외출용 용모
>
> 도시라는 벽에 갇혀 방황하는
> 삶의 옷걸이에 걸린 껍데기 두 벌
> 명품이 아니어선지 실속 없이 무겁다.

그래도 세워보는 자존심에 목덜미가 뻐근하다.

조잡한 마네킹처럼
두 벌의 옷을 감당하는 어깨가 휘지만
버릴 수 없어 끈끈한 사랑을 나누고 있다
철들며 나눈 필연의 정 때문이리라

— 〈두 벌의 옷〉 전문

"

　회색빛 도시는 두 벌의 옷으로 오늘도 먹이를 찾아 뛴
다. 도시의 카르마karma는 아침부터 밤까지 인고의 시간
을 보내야만 겨우 식도에 곡기라도 넣을 수 있다. 토끼
처럼 뛰고 개처럼 종종거리며 소처럼 일해도 그날이 그
날인 일상이다. 과연 이게 어릴 적 꿈꾸던 삶이던가? 칼
주름의 옷과 푸른 면도 자국의 단정한 용모는 이게 원래
나인가? 도시에 맞춰진 표준 판박이용 로봇인가? 옷걸
이에 걸린 마네킹인가? 감상에 젖을 시간도 없이 도시
의 삶은 숨이 차다.
　'삶의 옷걸이에 걸린 껍데기 두 벌'은 옷 두 벌이 명품
이 아닌지 그 알맹이 옷 주인이 명품이 아니어서인지 실
속 없이 무겁기만 하고 목덜미가 뻐근하다. 눈 한번 깜
빡이지 못하고 견뎌야 하는 뜨거운 몸짓의 가로등처럼
도시인은 어쩌면 마네킹처럼 정지된 자세로 장시간 견뎌
야 하는 인형인지도 모른다.
　극도의 인내를 감내하는 빛 슬픈 인간의 내면을 가진

누드모델인가? 바람 속에 흔들리는 풍경소리처럼 들판에 홀로 서 있는 외로운 허수아비인가? 마네킹처럼 두 벌의 옷을 감당하던 어깨가 갈수록 아프기만 하지만 오랫동안 철들며 나눈 정 때문인지 버리지도 못해 함께 늙어간다.

정광일 시인은 〈두 벌의 옷〉을 통해 열심히 살아온 도시인의 삶을 조명해보며, 젊은 시절 동반자이면서도 서로가 어색하고 무겁기만 하던 거추장스러운 존재에서, 어느덧 함께 늙어가고 낡아가는 동일체인 정인情人과 같은 관계로 투영해내고 있다.

〈두 벌의 옷〉에서 자연스럽게 알레고리allegory로 도시인의 삶을 주제로 끌어들였다가. 다시 그 주인인 두 벌 옷 주인의 삶을 통해 이인삼각 경기처럼 삐거덕거리는 어색한 관계에서, 일인 일각의 칼각 주름과 푸른 면도 자국의 도시인으로 돌아와 함께하는 필연적인 동일인의 관계로 작품을 정리하고 있다. 2연에서처럼 '도시라는 벽에 갇혀 방황하는' 존재와 부존재의 관계를 왔다 갔다 하며. 실존 자체는 늘 도시 주변인으로 맴돌면서도 단 한 번도 그 도시에서 제대로 된 주인행세도 하지 못했음을 암시하고 있다. 그래도 주변부로 밀려나지 않기 위해 칼각을 세워보지만 남는 건 뻐근한 목덜미와 피로감뿐인 삶이었다.

도시인의 삶은 언제나 다람쥐 쳇바퀴 도는 일상이었지만, 그래도 멀리 가지 않고 늘 제자리를 지키며 일탈하지 않는 존재로 자리매김했다는 안도감을, 마치 바람 빠진 풍선 같은 늘어짐으로 표현하며 작품을 마무리하고 있다. 두 벌의 옷과 도시 멋쟁이 주인은 이제 낡고 후줄

근해졌지만, 인생의 황금기를 늘 함께 해 온 동반자로서
조용히 지나온 생을 반추하며 정리해가는 아름다운 관계
라고 할 수 있다.

"

겹겹 둘러싸인
도시라는 요새엔 어둠이 침투할 수 없다
휘~휘 둘러봐도
보이는 것은 하늘을 찌르는 높다란 성벽뿐
철통 보안에 허점이란 없다

해가 사라지면 거칠 것 없는 암흑도
요새를 밝히는 보안등 감시망을 넘을 수 없다
탈출을 꿈꾸며 불면으로 올려다보는 하늘
감시망이 두려워 별빛도 숨어버린 요새는 잠들지 않는다.

도시의 노예는 쉼 없이 성벽을 쌓는다.
통제할 수 없는 더하기의 원리로
날마다 새롭게 성장하는 도시라는 울타리

나는 자유인임을 외쳐보지만
하늘 한번 자유롭게 볼 수 없는 수감자 신분
내가 잠들거나 쉬는 시간에도
멈출 줄을 모르고 성장하는 성벽은
도시 노예의 탈출 포기각서를 받아내고 만다.

　작품 〈도시인〉도 전체적인 맥락으로 〈두 벌의 옷〉과 동질류의 성격이며 답답한 도시인의 삶을 노래하며 탈출을 꿈꾸는 내용으로 구성돼있다. 여기서 시인이 느끼는 것과 독자들이 느끼는 것이 크게 다르지 않을 것이다.

　'도시라는 요새', '높다란 성벽', '철통 보안', '감시망', '수감자 신분', '도시 노예' 등의 어휘에서 살다 보면 하나씩 늘어만 가는 체념과 포기를 엿볼 수 있다. 도시인의 삶은 직장인이든 자영업자든 또는 단순노동 품삯 일을 하는 사람들이든, 누구나 벗어나고 싶은 골리앗처럼 거대하고 강고한 콘크리트 성벽의 감옥으로 느껴질 수도 있다. 여기서 우리는 노예검투사 스파르타쿠스와 동료 노예들의 참담한 일상과 자유를 갈구하는 몸부림을 생각해 보지 않을 수 없다.

　작품 〈도시인〉에서 시인이 느끼는 감정도 거기에서 크게 벗어나지 않은 것 같다. 그것은 4연 '나는 자유인임을 외쳐보지만 / 하늘 한번 자유롭게 볼 수 없는 수감자 신분'에서 그 절절한 통성이 묻어난다.

　스파르타쿠스와 노예 검투사들의 일상은 자고 일어나면 생존을 위해 서로의 목숨을 죽여야만 하는 참담함을 겪어야만 했다. 도시인들의 삶 또한 마찬가지로 거기에서 한 치도 벗어나지 못하는 게 현실이기도 하다.

　겉으로 보기엔 평온한 일상처럼 보여도 직장인들은 조직 내에서 끝없는 시샘과 경쟁을 벌여야만 생존할 수 있다. 자영업자들도 마찬가지로 상품 판매나 공사 수주를 위한 몸부림과 용틀임을 치고, 동종업종끼리의 끝없는 암투를 벌이며 버텨내야 생존할 수 있는 곳이 바로 '도시'라는 거대한 감옥이며, 동시에 고대 그리스의 아고라_{agora}이기도 하다.

도시라는 곳은 강한 억압_{repression}과 불안으로 인한 방어기제_{defense mechanism}가 작용하는 곳이며, 개인 노력에 따라 좌절과 참담함, 희망과 성취를 동시에 느낄 수 있는 곳이기도 하다. 감옥과 도시에선 법과 규칙으로 폭발_{explosion}을 다스리기도 한다. 억압으로 불안을 방어하려다가 실패했을 때 투사_{projection}, 상징화_{symbolization} 등의 다른 방어기제가 동원되며, 그 결과로 신경증이나 다른 정신병적 증상들이 나타나기도 한다. 억압이 많을수록 억눌린 생각들이 풀려나오지 못해 편견이나 선입견이 많아지고 이쪽저쪽의 편 가르기가 많아지게 된다.

고대 그리스에서는 신들은 아크로폴리스 언덕 위에 있었고, 아테네 시민들은 그 아래 언덕의 아고라에서 도시국가 아테네와 시민들이 더 훌륭하게 살아가는 방법을 토론하며 살아갔다.

묘하게도 '철통 보안'이란 어휘 하나에도 여러 가지 복합적인 의미와 역할이 존재한다. 감옥 또는 군대 같은 집단 수용시설에서는 강한 통제의 억압 기제가 작용하기도 하지만 반대로 보호_{保護}의 의미도 함께 가지고 있다. 외부와의 차단과 격리를 통해 지켜내야 할 것은 지켜내고 보호한다는 의미를 함께 가지고 있는 것이다. 대단히 역설적_{逆說的}이게도 '도시 노예의 탈출 포기각서'는 제출함과 동시에 또 다른 혜택과 자유를 누릴 수 있는 특권이 주어진다는 것을 이미 많은 사람이 경험을 통해 알고 있는 사실이다. 2연에서 '감시망이 두려워 별빛도 숨어버린 요새'에서도 마찬가지로 지독한 감옥을 연상할 수도 있겠지만 그와 동시에 고요와 평안도 함께 떠올릴 수 있다. 작품 '도시인' 안에는 그처럼 상반된 두 가지 의미를 모두 보여주고 있다. 이미 1연에서 제시한 '도시라는 요새엔 어둠이 침투할 수 없다'와 '철통 보안에 허점이란 없다'에서 어둠을 흑암의 세력 또는 불순세력으로 묘사하며 강한 긍정의 화두를 제시했다. 2연~3연에서는 '감시망이 두려워 별빛도 숨어버린 요새는 잠들지 않는다'와 '날마다 새롭게 변하는 도시라는 울타리'에서 안전安全과 일신우일신日新又日新의 변화와 혁신을 느낄 수 있다.

문명의 발전은 내 것을 지켜내는 보안保安에서부터 출발하는 것이기에 결코 억압抑壓으로 받아들이지 않는다면 변화를 창조할 수 있는 기반으로 작용할 수 있는 것이다.

"

내가 지금 벽 앞에 서 있다
그가 내 앞을 막았기 때문이다

게걸음으로, 게걸음으로
탈출구를 찾아 한숨 겨우 돌렸지만
너무도 높아진 벽을 벗어나진 못했다

쇠 울타리, 섬뜩하게 밀려오는 냉기

경계의 눈빛들이 벽 뒤에 서 있다
세상을 짊어진 발소리에 심장이 멈추었다.

순화되지 않은 거친 목소리들
오그라드는 몸뚱이 스스로 벽을 쌓는다

나와 내 가정, 내 직장, 내 나라
나만 있고 너는 없는 무인도
고립의 벽 안에 자신을 가둔다.

사회라는 벽 앞에 경직된 나를 세워놓고
벽을 만드는 너를 탓하고 있다
그렇게 늘어나고 두꺼워지는 벽! 벽!

— 〈벽과 마주하다〉 전문

"

이 시에서도 분명한 화두와 메시지를 전해주고 있다.
역설적인 표현과 반어법으로 두 가지 상반된 의미를 느
낄 수 있게 만든 재미있는 작품이다.

전체적인 의미를 하나로 압축한다면 '누가 누구를 원
망하느냐?'로 직설적인 표현을 할 수 있다. 벽과 마주한
것은 '너'이기 때문에 결국 '너의 배후는 너다'라고 할 수
있다. '내가 지금 벽 앞에 서 있다', '스스로 벽을 쌓는다',
'나만 있고 너는 없는 무인도 / 고립의 벽 앞에 자신을
가둔다', '경직된 나를 세워놓고 / 너를 탓하고 있다' 등의

구절에서 모든 벽과 마주한 원인 제공자는 '그'가 아닌 '나'를 내보이며 벽을 허물 수 있는 건 결국 '나' 자신이라는 것을 제시하고 있다. 강제적으로 인신 구속된 상태가 아니라면 벽을 만드는 것은 강한 억압과 불안으로 인한 방어 기제를 작용시킨 고집불통의 자신일 수도 있다. 모든 것은 마음에 달렸다고 하는 게 바로 그런 것이다.

지독한 감옥과 같은 벽을 화두로 제시하며 무언가 다른 것을 말하기 위해 암시적으로 알레고리로 표현하는 것 같더니, 벽과 벽 사이엔 '너'와 '나'가 존재하며 너도 나도 마찬가지로 타자가 아닌 그 벽에 가두는 건 아상我相인 본인 자신이라는 걸 말하며, 역설의 화법으로 예상 밖의 결과가 빚은 모순이나 부조화의 해답을 찾을 수 있게 제시해주고 있다.

기댈 언덕이 없어 벽에 기대고 있는 작은 새를 떠올려보게 된다. 돌격하다 떨어지고 돌격하다 떨어지기를 반복하는 작은 새는 더 날고 싶고 더 살고 싶다는 몸짓인지 편안한 나뭇가지를 두고도 직벽을 향해 계속 비행을 하고 있다.

아무것도 없는 저 벽 속의 4차원으로 들어가고 싶은 것인지, 지칠 줄 모르고 포기할 줄도 모르는 고집불통의 작은 새가 지금도 여전히 작은 날개를 파닥거리고 있다. 존재 이유도 모른 채 주저앉아 있는 인간보다 살아있는 작은 새의 날갯짓이 더 아름다울 수도 있다.

벽과 마주한 '나'도 '너'도 존재의 부재 상태에서 의미 없는 일상을 보내며 그 벽을 '너'로 인한 감옥처럼 느꼈을 수도 있다. '나'의 존재 이유가 그것뿐인 것처럼 오로

지 벽과 '너'를 향한 원망을 보내지만 결국 모든 것은 '너의 배후는 너다'라는 귀결로 해답을 찾으면 의외로 시원할 수 있다.

울타리 하나를 사이에 두고 울타리 안과 밖의 경계를 구분 짓지만, 그 안과 밖 모두 영혼이 자유로운 세상인 것은 같은 이치이다. 벽 속에 가두는 박제된 일상의 원인은 '너의 배후는 너다'인 것이다.

"

오랜만이다
하늘빛이 너무도 곱다.
거리는 온통 꽃향기에 젖어있다.
참으로 오랜만의 외출

다람쥐 쳇바퀴 돌듯 단순한 삶의 통로
큰맘 먹고 벗어나 보니
목구멍이 시퍼렇게 독기 눈을 뜨고 있다
지금의 한가로움이 위태롭다 느끼며 길 나서는
참으로 오랜만의 외출이 몹시 낯설다.

거리가 변했다.
없던 건물과 도로가 산을 가리고 하늘을 가렸다.
많은 삶의 모습이 전투 상태로 변해있다.

새벽과 밤중을 오가느라 보지 못했던
변한 도심의 한낮 풍경들

여유로움보다 쫓기듯 잰걸음들
너무도 낯선 풍경에 나는 이방인이 된다.

— 〈낯선 외출〉 전문

　　나의 언저리 어딘가에 무엇이 있을 건지 그 어떤 희망
의 빛은 있는지 살다 보면 궁금해지거나 문득 누군가 그
리워질 때가 있다. 지독한 외로움으로 누군가를 기다리
거나 고향 집을 향한 발걸음을 재촉하다 선잠을 깬 적도
있을 것이다.
　　삶은 다양한 방식의 변주곡이 가능하도록 설계돼있고
실제 여러 가지로 변형해 나가도록 사람들이 그런 세상
을 만들어 가고 있다. 그 세상 어느 귀퉁이에 머물며 안
온한 온실 같은 동네에서 살던 사람들은 더 넓은 세상에
나가게 되면 끔찍한 현실을 맞이해서 많이 놀라게 된다.
'시골 쥐와 서울 쥐'를 떠올려보면 안온함이 얼마나 '우물
안 개구리'를 만들어내는지 잘 알 수 있다. 2연의 '다람
쥐 쳇바퀴 돌듯 단순한 삶의 통로'가 바로 변함없는 일상
의 단순한 삶을 의미하는 것이다. 그 일상에서 조금만
일탈하여 낯선 거리나 도시 한가운데로 가보면 어느덧
이방인이 되고 그 나그네는 심각한 부적응과 불안감에
휩싸이게 된다. 그래서 오랜만의 외출은 몹시 낯설기 마
련이고 일상에서 조금만 벗어나도 온통 삶의 전투 현장
이며 여유만만하지 못하고 쫓겨 다닐 수밖에 없는 것이
다. 여유 만만함이란 한가로움에서 나오며 단조로운 일

상 즉, 안단테andante로 천천히 걸어가는 삶을 의미한다. 안단테적인 삶이란 파란 자유가 숨 쉬는 그런 유유자적의 생활을 뜻한다. 결코 게을러서 느리게 사는 게 아닌 조금 천천히 가는 아날로그analogue의 삶을 말하는 것이다.

오늘날 컴퓨터의 등장으로 아날로그 세계의 모든 자연, 물질적인 인공물, 비물질적인 문화적 창조물들도 시시각각으로 빠르게 진화되어 디지털화가 된 세상으로 변하고 있다. 기존의 '빨리빨리'에서 '더 빨리빨리'로 초 스피드화 되고 시간 단축을 요구받으며 사람들의 일상이 전투 모드로 바뀐 지 오래되었다. 아날로그 방식에 익숙한 사람들에게 디지털 방식이 낯설 것이고 그 반대 경우엔 느려터진 아날로그 방식이 원시 세계처럼 느껴질 수도 있을 것이다. 4연의 '너무도 낯선 풍경에 나는 이방인이 된다'의 '나'는 어떤 방식의 삶을 살아왔느냐에 따라 조금은 낯설기도 하겠지만, 그 반대개념의 방식에 비해 전혀 부끄러운 것은 아니다 오히려 삶을 전투 모드로 전환해서 치열하고 바쁘게만 살아오던 사람들이 더 빨리 지치고 피로감이 증가해서 번 아웃burnout syndrome이나 녹다운knockdown되는 경우가 많기 때문에 우리는 너무 '빨리빨리' 하며 조급증을 낼 필요는 없을 것이다.

낯선 외출은 살짝 낯설기 정도로만 느끼고 다시 재충전한 뒤 원래의 일상으로 돌아가는 것이 좋을 것이다. 공연히 필요 이상의 에너지를 소진燒盡시킬 필요 없이 일상을 평정심으로 유지한다면 억압과 불안으로 인한 방어기제를 작용시킬 이유가 없기 때문이다.

모든 피로감의 원인은 과도한 육체 행동과 정신적 스

트레스 즉, 일상에서 일탈한 긴장과 초조함에 있기 때문
에 제자리로 돌아와야만 하는 것이다.

정광일 시인의 첫 시집 "바람이었네"는 먼저 간 아내에 대한 그리움과 못 다한 사랑을 대하면서 남겨진 자의 몫으로 슬픔이 복받쳐 눈물을 흘렸으나 작품에 빠져들수록 떠나간 사람의 행복이 눈에 잡혀 원고 편집이 끝났을 때는 마음이 훈훈하게 데워져 있었다.

- 김영태(시인) 작품 감상평 중에서 -
제 1시집, 바람이었네.(한비문학 2006년 3월)

정광일 시인의 두 번째 시집 '겨울에 우는 매미'는 먼저 떠난 아내를 망각의 늪에 빠트리지 않기 위한 애틋한 마음이다.
순수 지고한 사랑이 사라지고 있는 현실 사랑에 대한 귀감이 되는 작품이다.

- 김영태(시인) 작품 감상평 중에서 -
제 2시집, 겨울에 우는 매미(한비문학 2008년 4월)

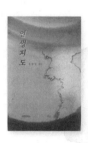

정광일 시인의 시작 활동은 목적 지향적이지 않으며 인위적인 제도나 관습에 구애받지 않고 시가 있기에 시를 쓰고, 시를 좋아하기에 언제 어디서나 시에 매달리는 들풀 같은 시인이다.

- 성군경(시인) 발문 중에서 -
제 3시집, 인생지도(시민문학사 2009년 11월)

사랑하는 아내를 잃고 홀로 가는 길은 황량하고, 아프고, 견디기 힘든 길이다. 혼자라는 외로움이 시의 행간을 다 이루고 있어 가슴에 쩍 금이 간다.

- 임종성(시인, 문학박사) 시집해설 중에서 -
제 4시집, 찻잔에 찾아오는 별(청옥문학사 2013년 11월 10일)

나름 노력한 시어들이니 어쩌다 마음 열린 한 사람의 독자에게 다가가 그 가슴에 남을 수 있다면 날밤 새워 집필한다 해도 아까울 게 있겠는가. 그 한 사람을 위해 내 창작의 열기는 식지 않을 것이기 때문이다

- 바람이 만드는 땅 중에서 -
제 5시집 바람이 만드는 땅 (청옥문학사 2015년 8월 11일)

갑자기 바람이 불어와 모자가 벗겨졌다 순간 일상에서 깨어나 붓을 들었나 보다. 백공 시인은 그 순간을 "짓궂게 모자를 벗겨대는 바람의 꼬리를 잡았다"고 맛있게 표현하고 있다.

- 이재관(시인, 숭실대 명예교수) 감상평 일부 -
제 6시집, 말 도둑 글 도둑 (홍익출판사, 2015년 9월)

진지한 사유는 아주 높은 미적 가치를 지향하고 있으며 내면에서 빚어내는 시의 향기는 유독 깊고 맑다.

- 임종성(시인, 문학박사) 시집해설 중에서 -
제 7시집. 잉크 없는 볼펜(청옥. 2016)

별은 기적을 원관념으로 하므로 떨어지는 별은 신에게 의탁한 희망의 소멸이다 ... 시 '소망'에서 어둠을 새 세계와 새 생명, 겨울을 희망과 기다림의 이미지로 쓰고 있다

- 이석락 (시인) 시 해설 중에서 -
제 8시집. 부엉이의 겨울(청옥. 2019년)

내 부모가 내게 따뜻한 털외투 같은 사랑을 베풀고 그를 잊었듯이 나는 내 자녀들에게 어떤 사랑을 베풀며 잊지 못할 털외투의 추억을 남겨줄 수 있을지 알 수는 없다

- 먼 기억 속의 털외투 중에서 -
제 1 시, 수필집 먼 기억 속의 털외투 (청옥문학사 2013년 12월 30일)

작은 꿈들의 수다

정광일 시집

초 판 인 쇄		2021년 7월 15일
발 행 일 자		2021년 7월 20일
지 은 이		정광일
펴 낸 이		김연주
펴 낸 곳		도서출판 성연
등 록		(등록 제2021-000008호)경남 창원
홈 페 이 지		https://cafe.daum.net/seongyeon2021
디 자 인		배선영
편 집 인		성화룡
메 일		baekim2003@daum.net
전 자 팩 스		0504-205-5758
연 락 처		010-3325-5758
정 가		12,000원
제 어 번 호		ISBN-979-11-973709-3-9-13800

이 도서의 출판예정도서목록(CIP)은
국립중앙도서관 서지정보유통지원시스템 홈페이지(http://seoji.nl.go.kr/)와
국가자료목록시스템(http://www.nl.go.kr/kolisnet)에서 이용할 수 있습니다.